幻想商店街

堀川アサコ

講談社

幻想商店街　目次

幻想商店街

プロローグ

暖色の夕景の中、通りの南端にある公園から桜の花弁が吹かれてくる。

商店街は、夕飯の買い出しに来た主婦たちが、元気に陽気に忙しく行きかっていた。近くの小学校の子どもたちもまた、家に帰る前のひとときを、縦横無尽に駆け回って楽しんでいた。

それに交じって、不思議な人たちが、三々五々に闊歩《かっぽ》している。

不思議というのは、彼らには影がないことだ。

その人たちは、通りのはずれの画廊から現れる。

*

彼女は目を覚ますと、そんなただなかに居た。

そこは、道の真ん中だった。歩行者天国ではないから、クルマがすぐわきを通り過ぎる。危ないと思った瞬間、彼女の真正面から軽乗用車がぶつかってきた。

！

しかし、彼女は轢《ひ》かれもしなければ、撥《は》ね飛ばされもしなかった。

クルマは、彼女のからだを通過していった。

遠ざかるクルマを、痛《いた》くも痒《かゆ》くもない自分の全身を、彼女は啞然《あぜん》として見下ろした。

そして気付いたのである。

自分自身にもまた、影がなかった。

彼女はいっそう驚いたが、ほかのだれも彼女には注意を払っていなかった。見れば、彼女と同様、影のない人たちは不用意に道路を横断し、往来するクルマはまるで見えていないように速度もゆるめず――そして通り過ぎてしまう。

実際に、その人たちの姿も、彼女の姿も、運転者には見えていないのだ。

そう気づいたらゾッとして、彼女はあわてて歩道に駆け込んだ。はずみで中学生らしい二人連れにぶつかったが、やはりその体を通り過ぎた。

（どうして……？）

さっきまで、家に居たのである。

体調が悪くて眠ってしまい、気がついたらこの道の真ん中に立っていた。

「ここは亡くなった人も自由に来られる商店街だから、特別な場所なんだ」

痩せた老紳士が、いかにも自慢げにいって、傍《かたわ》らを歩く老婦人に笑いかける。

彼女は慌てて、その二人を追いかけた。

「あの――あの――」

しかし、高齢の二人連れは立ち止まらない。振り返らない。彼女に気付いた様子すらない。

「あの……あの……」

悲しくなった。彼女は、自分が人間とも、物とも、まるっきり異なる異様な存在になってしまったことを、認めざるを得なかった。泥の下に積もる泥、温度のない火、だれにも感じてもらえない汚れた風、宇宙の果ての果てで永遠にたった一人で泣いている醜いトカゲ――。みじめで居たたまれないイメージが次々と込み上げて、彼女は思わず泣きだした。

それでも、やっぱりだれも気付いてくれない。

否――散歩中の柴犬《しばいぬ》が、彼女の方を向いてしきりに吠《ほ》えている。歯をむき出し、鼻に皺《しわ》を寄せて、彼女を完全な敵として威嚇している。あの犬は、とてもいけないものを見ているのだ。あの犬にだけ、わたしが見えている。

いっそぶつかるつもりで歩いても、電柱も看板も彼女の体を通過した。商店街の果てにある公園で、彼女はブランコに腰を下ろす。どうしたわけか、ブランコだけは彼女の気体同然の体を受け止め、さびた鎖の感触を手のひらに感じることができた。

かたわらの桜が惜しげもなく花を散らすただなかで、彼女はただブランコを漕《こ》いだ。キイキイと軋《きし》む音にだけ気持ちを寄せて、どれだけ漕いでいたものか。香水の匂いがする。

「あら、亜佳梨《あかり》さんじゃない？　乾《いぬい》亜佳梨さんよね」

声を掛けられ、ひどく驚いて顔を上げた。見えるの？　わたしが見えるの？

すでに黄昏《たそがれ》が迫る空は、闇の色と濃い朱色が混ざり合っている。その残光を背にして、女の人が立っていた。

「わあ。——お久しぶりです。おうち、こちらなんですか？」

ようやく知っている人に会えた。ようやく、わたしをわかってくれる人に会えた。

彼女は——亜佳梨さんは、嬉《うれ》しくなった。相手の笑顔にすがりつくような気持ちで、そそくさとブランコを降りた。

第一章　世界のヘソ商店街の子

終礼が終わって、ホタルはほかの大勢の児童たちと同じように、さっと昇降口を飛び出した。

梅雨入りしたのは先週で、頬に当たる風は暑くて湿っている。一年生が理科の時間に植えた朝顔の鉢が、花壇の周囲にずらりと並んでいた。

「バイバーイ、ホシナ」

「これから、田辺《たなべ》ンとこ行くの？」

連れだって歩くクラスメートたちに声を掛けられた。

「うん、まあね」

ホタルは、ショートカットの頭をがりがり掻《か》きながら答えた。田辺ン、、、とこ行くのが、ちょっとめんどくさいのだ。

「ねー。タコ増《ます》、閉店だって知ってたー？」

「シャッター閉まってたし」

「長年ありがとうございましたって、貼り紙はってたよね」

「マジー？　じゃあ、タコ増、もうやってないの？」

愕然《がくぜん》として訊《き》くと、クラスメートはホタルの絶望に共感して顔をしかめた。

「そうみたい、ショックだよねー。じゃあねー、バイバーイ」

遠ざかるクラスメートの背中に、ホタルは空虚に手を振る。

本当にショックだった。

タコ増は五十円で買えるたこ焼き屋で、セカ小生の買い食いスポットである。間口二間のこの小さな店は、ホタルたち小学生にとってはサラリーマンにとっての行きつけの居酒屋のように重要な存在だった。なにしろ「買い食いはやめましょう」という方針の学校やＰＴＡも、タコ増に立ち寄ることだけはお目こぼししてくれる。それは、歴代の在校生が、大人たちと辛抱強く交渉して得られた、価値ある権利だった。

(それなのに)

世界のヘソ商店街の店々が、このところ次々と閉店しているのだ。

ホタルたちの通う瀬界《せかい》小学校が隣接している世界のヘソ商店街は、国道から市民公園に至る約二百メートルの道路を挟んで、おもに個人商店によって形成されている。

日本中の商店街は二十世紀の初めごろに造られたそうだが、世界のヘソ商店街の歴史はもっとずっと古い。ホタルの祖父の話では、天照大神《あまてらすおおみかみ》が天岩戸に立てこもった時代からあるとのこと。いくら何でもそれは信じられないが、戦国時代の楽市楽座《らくいちらくざ》より古いという話を、閻魔《えんま》庁の北村《きたむら》さんから聞いたことがある。

閻魔庁というのは政府の機関だが、一般的には、あまり知られていない。

閻魔庁というくらいだから、この世とあの世の境目を管轄する役所だ。

こういう話は、ホタルたちみたいに子どもの時分から聞き慣れていた方が気楽である。大人になって突然に聞いても「いや、まさか（笑）」と思ってしまうのが普通だろう。だから、その存在は知られていない。いろんな情報開示を求める市民団体も、閻魔庁なんて聞いたこともないはずだ。

——厳密にいえば、秘密にしているというわけではないんですよ。

と北村さんはいう。

——しかし、人間というのは、知りたくないことは、認識しないものなのです。究極的には、そういうものです。

北村さんのいうことは、ホタルにはよくわからない。全国津々浦々の善男善女は、いいいい、境界エリアのことなど知りたくないというのか？　脳みそが拒否するほどに、知りたくないというのか？

（そんなにも、イヤな話なんだろうか）

あの世とこの世の境目を、境界エリアと呼ぶ。

閻魔庁は、境界エリアを管轄する役所だ。

閻魔庁の職員が世界のヘソ商店街の来歴を語るというのは、世界のヘソ商店街がその境界エリアだからだ。この商店街には、亡くなった人も来ることができる。国定公園にも、世界遺産にさえも勝《まさ》るとも劣らない、特別な場所である。

それなのに、世界のヘソ商店街が市道拡張工事のために立ち退《の》きを迫られている。

市道拡張工事の話が持ち上がったのは、実はもう何十年も昔のことだ。だけどそんな話は聞こえてきた瞬間に立ち消えて、商店街の人たちとしては一九九九年の人類滅亡の予言みたいなものだろうと思っていた。

ところが、それが去年からにわかに現実的な話になってきたのである。

市役所の人が商店街の住人たちを集めて、立ち退いてくれと迫ってきた。

まさに、世界のヘソ滅亡の危機だ。

すでに何軒かの店は立ち退きに応じたりしている。タコ増が店を閉めたのも、そのせいかもしれない。

それに加えて、ホタルたちの通う瀬界小学校もまた、来年の春に廃校が決まっていた。

廃校が市道拡張と関係しているのかは知らないが（祖父たち商店主も、先生たちも知らないそうだ）、小学生にとっては学区＝全世界だ。廃校と商店街の消滅は、ホタルにとっては世界の終わりとほぼ等しい。

（終わっていいわけないんだから。市役所なんか、今に閻魔庁がギャフンといわしてやるんだから）

とは思いつつも、楽観的にはなれずに居る。

（こういうの、何というんだっけ。なんとかトロフィ。表彰式関係？　そうじゃなくて。カタストロフィだな。表彰式は関係ありませんね）

精肉店・ヘソキッチンの自動ドアには、好戦的なビラが貼ってある。

『世界のヘソ商店街の立ち退きに、命をかけて反対する！』

ぶっとい筆文字で、朱墨で傍点が付けてあり、えらく達筆である。これを書いたのは、ホタルの祖父で、立ち退き反対派のリーダーだ。ホタルが小学五年生という若さで、この問題を真面目に考えているのも、祖父の影響なのである。

そんな暗い空気が原因なのか、セカ小では今、不吉な噂《うわさ》が流行《はや》っていた。

怪談『交差点のアカリさん』と、皆はいう。

午前零時に、学校の北西角の交差点――そこは商店街の通りで、薬屋とお茶屋とクリーニング屋と瀬界小学校に挟まれた四つ角――に、虫刺されの薬を持って行くと、アカリさんが現れる。

アカリさんというのは、幽霊だ。でも、どうして虫刺されの薬に反応するのかは不明。おそらく、アカリさんにも事情があるのだろう。

だいたいにおいて幽霊というのは、事情をかかえているものだ。事情がなければ、さっさとあの世に行くわけで、幽霊を見たときは、ああこの人は悩みがあるんだな、と思うべきである。一般的には、幽霊を見る機会は滅多にないだろうが。

ともかく、午前零時と北西角の交差点と虫刺され薬という三つの条件が整えば、アカリさんは来てしまうらしい。

アカリさんが抱える事情は、しかし、虫刺されとは関係ないようだ。そこに付け込むと、何でもこちらの問題を解決してくれる。――今度はこちらの問題解決、だ。

だけど、相手は幽霊だから、なめてかかると大変なことになるという。召喚して願い事を話した後、アカリさんが自分の話をし出す前にうまく逃げないと、連れて行かれる。

幽霊に連れて行かれる先とくれば、霊界である。

しかし、それは普通にいう天国や地獄でないことは確かだ。こっちとしてはまだ天国にも地獄にも行きたくないが、成仏《じょうぶつ》できていない人は、そういう普通のところとは無縁だ。もっと、暗くて落ち着かなくて居心地の悪い、すごくイヤなところに居るらしい。で、アカリさんの事情を聞いてしまうと、そのイヤなところに連れて行かれてしまう。

この話がささやかれ始めたとき、ホタルたちだっていくら小学生といえども、そんな怪談を頭から信じたわけではなかった。たとえ、時間と場所、必須アイテムが具体的に盛り込まれていたとしても、こちとら怪しげな話には簡単に引っかからない。

ところが、怪談の広がりと時期を同じくして、商店街でも怪奇現象が起こり始めた。

毎年恒例のアヤメ祭りの写真をプリントしたら、不気味な廃屋の写真に変わっていた。デジタルデータでは祭りの風景なのに、印刷すると心霊写真になってしまうのだ。現物が、コピーされて回覧板に載っていたので、ホタルも実際に目にした。実に気味の悪い風景写真だった。

さらには、商店街の南端にある市民公園のブランコが、ときおり、だれも乗っていないのに揺れている。目撃した人は、熱を出して一週間も寝込んでしまった。そういう被害が続出している。

商店街一帯に、何かが居る。

それを真っ先に察知したのが、ペットの犬たちである。散歩のとき、団らんのさなかなど関係なく、おとなしい子も、やんちゃな子も、突然に野生にもどったかのように怒って吠える。よぼよぼの老犬でさえ、飼い主の仇《かたき》にでも会ったみたいに、すごい剣幕で吠えるらしい。

——犬には、人間に見えていないモノが見えるんだ。

本田《ほんだ》電気店の若旦那が、ぼそりともらした。

この不気味な一言によって、恐怖は喚起され、伝播《でんぱ》した。境界エリアに住んでいても、正規のルートで成仏していない霊や物の怪《もののけ》は怖いのだ。なまじっかあの世についての知識があるために、懐疑論者はほとんど居ない。だから、この商店街の人たちはむしろ怖がり屋が多いともいえる。

そんな商店街の怪談と、学校の怪談『交差点のアカリさん』が、自動的に紐《ひも》づけられた。アカリさんの話が起こったのと、怪奇現象が起こったのが同時だったから、自然な成り行きかもしれない。交差点のアカリさんは、商店街に怪奇現象を起こし、家に忍び込んで、犬に吠えられている——ということになった。

それで、小学校の児童たちがひそひそ語る怪談も、真実味を増した。

そこで、ホタルがいま家に向かっている田辺というクラスメートなのだが——。

この田辺くんが、アカリさんの召喚をこころみてしまったらしい。

田辺はおとなしい子で、無茶などしないタイプだ。どうしてそんなことをしてしまったのか、クラスメートたちは眉をひそめ、首をかしげるばかりだ。というのは、田辺本人は、アカリさんに祟《たた》られて（？）不登校になってしまったのだ。

電話にも出ないし、担任の先生が家庭訪問に行っても、絶対に会おうとしない。本来なら、そんなド根性な少年ではないはずなのに。

そして、家が近所のホタルが宿題のプリントを届けに行ってほしいと、先生に頼まれたのである。

——ついでに、田辺の様子を見て来てくんないかなあ。

ついでの方が、重要案件だとはすぐに察した。

——まあ、いいけど。

ちょっと生意気な感じに顎《あご》を上げて、ホタルは引き受けることにした。

クラス委員でもないのに、ホタルはしばしばこんな風に先生から頼られる。先生の脳内データベースの中では、ホタルは『お人好《ひとよ》し』のカテゴリーに分類されているようだ。それに加えて、商店街の顔役である祖父の存在も大きい。商店街の店の子たちは全員がセカ小に入学するし、授業でも行事でも、商店街とセカ小は切ってもきれない間柄だ。だから、商店街のドンの孫は、先生にも頼られるのである。

「それにしたって、ヤバイよなあ」

思わず、声に出してぼやいた。

すると、くすくすと笑い合う声が後ろから聞こえた。

振り返ると、すごく高齢のおばあさんと、孫というよりももっと若い男の人が、仲良さそうに寄り添っていた。

実は、この二人は夫婦なのである。

などというと、大変に倒錯した変な感じを持つかもしれないけど、そうではない。

男の人――篠田栄一《しのだえいいち》さんは、七十六年前に戦争で亡くなった。そばに居るおばあさん――ツエ子さんとは、亡くなる少し前に結婚した。

あの世とこの世の中間点にある世界のヘソ商店街は、亡くなった人も訪ねて来る場所だから、篠田夫妻はここで再会できた。亡くなった篠田さんは年をとらないので、青年のまま。奥さんだけが、一年一年老いておばあさんになった。

戦死という悲運によって隔《へだ》てられた二人は、今もなおのこと仲がいい。篠田さんは毎週一回のペースで、あの世から通って来るのが習慣だ。

亡くなった人は転生辞令というものが出るまで、つまり生まれ変わるまでは、この商店街を利用できる。ここでは、生きている知り合いにも、会える。ツエ子さんはとなりの乙姫《おとひめ》市に住んでいるのだけど、世界のヘソ商店街で旦那さんに会うのをとても楽しみにしている。

篠田さんの死因は戦死なので、特別に奥さんと一緒に転生できる。軍人特例というらしい。閻魔庁にも、すでにその申請書を提出しているそうだ。軍人恩給みたいなものだと祖父が説明してくれたけど、ホタルにはそっちの方がよくわからなかった。

(篠田さん夫婦のためにも、商店街のことは守らなくちゃ)

力んでこぶしを握るホタルを、ツエ子さんたちは目をぱちくりして見つめた。

二人と別れて、ホタルの家の前を通り、住宅街に入った。ホタルの家は、祖父が経営する文具店だ。

自宅から角を一つ歩くと児童公園があり、その向かいがもう田辺の家だ。

町内の掲示板とか家の窓にも、商店街立ち退き反対のビラが貼ってある。いろんなバージョンがあって、『世界のヘソ商店街の立ち退きを唱える者は、永遠の地獄に落ちるであろう』なんて恐ろしいことが書いてあったりもする。

第二章　田辺の決心

田辺家の玄関は、アジサイの花と小さな和雑貨が趣味良く飾ってあって、すっきりと片付き、テレビドラマで見る玄関みたいだった。商品が入った段ボール箱が積み重ねられているホタルの家とはかなり違う。そもそも、保科《ほしな》（ホタルの苗字《みようじ》）家の玄関は店と兼ねていて靴脱ぎがあるだけなので、こういう上品な玄関にホタルは幼稚園児のころから憧《あこが》れていた。

「まあ——あらあらあらあら——保科さん。まあ、保科さん」

田辺のおかあさんは、ホタルの用件を聞いてすごく恐縮したけど、田辺に会わせてほしいという頼みにはかなり渋った。田辺が依然として、だれにも会いたくないと、頑張っているらしい。

（ふん、田辺めが）

ホタルは小学生なのに、偏屈なところがある。会いたくないといわれれば、何が何でも会いたくなる。「そこをなんとか」なんて、十回くらいも頼み込んで、無理に家に上げてもらった。

「あの、保科さん。ちょっと、こっちでジュースでも飲んで」

田辺のおかあさんは、おろおろと時間稼ぎなんかしようとする。

「おかまいなく」

ホタルは無遠慮に階段をあがった。前に男子女子取り混ぜて遊びに来たことがあるから、田辺の部屋がどこなのかは承知していた。

階段を上がって奥の部屋のドアが、閉じていた。

「田辺、入るよー」

おざなりにノックして、ドアノブに手をかける。神経質な田辺のことだから、だれがどんな用件で来たのかは、玄関でのやり取りに聞き耳をたてていて、とっくにわかっているはずだ。

ドアを開けようとしたら、鋭い声で「待て！」といわれた。それでも開けようとしたら、驚いたことにドアがびくともしなかった。鍵をかけているらしい。

「あんた、小学生のくせに部屋に鍵かけるって、よくなくない？」

「おまえは、だれだ」

「ちょっと、なにを、いまさら」

ホタルは呆《あき》れた。こちらの気持ちが伝わったらしく、ドアの向こうでたじろぐ気配がしたけど、しかしさらにムキになったような強い返事が返ってくる。

「本当に、ホシナなのか？　ニセモノなんじゃないのか？　ぼくを騙《だま》して、霊界に連れて行く気だろう」

田辺は、超常現象が常に起こっている世界のヘソ商店街の子どもにさえ、奇異に聞こえることをいった。

「きみが本物のホシナなら、この質問に答えるんだ。——最初の英語の授業のとき、坂本《さかもと》は『りんご』を英語にしなさいといわれて、何と答えましたか」

「リンーゴ」

「先月のお楽しみ会で、宮本《みやもと》先生がクラスの皆に買ってくれたおやつは？」

「かぼちゃプリンとエビせん」

そんなやり取りを十回も繰り返して、田辺はようやく納得した。鍵を外す音がして、ドアがおずおず開く。ホタルはわざとらしく憤慨した顔をして見せた。

「もう、焦《じ》れったいヤツだなあ」

「ごめん。——ど、どうぞ」

田辺は、いつもどおり気弱そうな態度に戻っている。これが田辺にとって普通の状態だから、ホタルはホッとした。

「おじゃましまーす」

前に来たときも思ったけど、田辺の部屋はお坊ちゃんぽい。フローリングだけど十畳くらいあるし、アニメのフィギュアがぎっしり詰まった硝子《ガラス》戸付きの戸棚があるし、机は大きいし、新しいデスクトップパソコンがあるし、無造作に新しいスマホが置いてあるし、インクジェットプリンタがあるし、図鑑や物語の本がズラリと揃《そろ》っているし、天体望遠鏡があるし、熱帯魚の水槽があるし、ベッドカバーはおかあさんのハンドメイドらしいパンダ柄だし。

ホタルは宿題のプリントを渡しながら訊いた。

「これ、どうやって提出すんの？」

「解答をスキャンして、画像をメールに添付して宮本先生に送る」

「ふーん。えらいわ」

ホタルは、感情がこもらない調子で褒《ほ》めた。

田辺のおかあさんが、生クリームや果物がどっさり盛られたパンケーキと、アイスティーを持って来てくれる。やっぱり田辺は愛されているわと思いながら、ホタルは行儀よくお礼をいった。おかあさんは、息子がホタルに心を開いていることに驚き、嬉しくてたまらないみたいで、にこにこして階段を下りてゆく。

「ねえ、何があったのさ。――うわ、このキウイうまい。シロップに漬けてたんだね」

さっそくパンケーキをパクつきながら訊いた。ホタルが話よりパンケーキに集中する姿を見て、田辺は素直に答える。

「ぼく、夜中、学校の北側の交差点に、虫刺されの薬を持って行った」

アカリさんを召喚するための儀式をしたってことだ。ホタルはようやくパンケーキの皿から顔を上げる。

「それって、やっぱ夜の十二時にだよね？　なんで、そんなことしたのよ？」

小学生が午前零時に家を抜け出すなんて、かなり無理のある行動だと思う。ましてや、田辺はおとなしい子だから、そんなことをするなんてガラではない。

「どうしても、かなえたいことがあったんだ」

田辺は、もそもそとパンケーキを口に運んだ。ちっとも美味《おい》しそうではない様子を見て、ホタルは心の隅で同情したり憤慨したりした。

「かなえたいことって？」

「セカ小がなくなって欲しくない」

「そりゃあ、あたしだって、そうだけどさ」

「ぼくは、前の学校でいじめられてたから」

田辺は転校生である。前の学校ではいじめられて通えなくなり、こっちに引っ越して来た。息子のために住む家まで替えてしまうんだから、やっぱり田辺は両親に溺愛《できあい》されているとホタルは思う。

「きみたちは、ぼくをいじめなかったでしょ。セカ小が廃校になったら、ぼくはまた地獄に逆戻りしなくちゃならないかも」

「あんた」

ホタルは、胸を衝《つ》かれた。

「廃校させないでって頼もうとしたんだ？　それで、アカリさんは現れた？」

田辺は黙ってうなずく。怖い目に遭った。だから、田辺は外に出られなくなったのだ。

「アカリさんに、自分を助けて欲しいって頼まれた」

「やだ。アカリさんの話を聞いたら、ダメじゃん。その前に逃げなくちゃ」

「だって、向こうが話し出しちゃったんだもん。あのシチュエーションでストップ、なんていえないよ」

田辺は、礼儀正しく律儀な男だ。

「アカリさんってどんな感じ？」

「うん。世界のヘソ商店街に来るあの世のお客さんたちと違って、なんか雰囲気が半端なく不気味なんだ」

「だったらさ、幽霊ってよりか、怨霊《おんりょう》なのかも。きっと思いを残して亡くなったのよ。おじいちゃんがいってたけど、幽霊よりも怨霊の方が断然怖いんだって」

「怨霊――うん、そんな感じだったよ。ぼくは、セカ小を廃校にしないでくれって、こっちの頼みをいう余裕なくってさ。そしたら、アカリさんが自分を助けてとかいうじゃん？　そのときなんかもう、めっちゃ怖いんだ。だから、ぼく、逃げて来ちゃった」

「そこで逃げるのは、正解だけど――」

目的は達成されず、危ない目にだけ遭った。田辺は、要領の悪い男だ。

果たして、怪談の警告は、すぐに現実のものとなった。翌日、登校しようとしたら例の交差点でアカリさんが待ち構えていたのだ。

それを皮切りに、アカリさんはしょっちゅう現れるようになった。それどころか、家の外で田辺を見張っていたりする。まるで刑事ドラマの張り込みのシーンか、さもなければストーカーだ。怨霊のストーカーだなんて、怖くてたまらない。

それで、田辺は学校に行けなくなった。いや、家からも出られなくなった。アカリさんが化けているのではないかと思い、だれにも会えなくなってしまった。

「本当は、おとうさんやおかあさんのことだって、怖いんだよ」

「だから、あたしのことも疑っていたわけか」

ホタルは、田辺のおかあさんがわざわざ付けてくれたストローで、アイスティーを飲んだ。氷がからから鳴って、水滴が指をぬらす。

「でも、先生もクラスの皆も、あんたに学校に来てほしいと思ってるよ。来年の春に学校がなくなるのは、あたしたちには、もうどうにも出来ないことだもん。だから、少しでも長く、一緒に居たいじゃん？」

田辺は顔を上げ、潤んだ目でホタルを見た。

「……ありがとうね」

その声がホタルの胸を直撃した。

「わかった。アカリさんのことは、あたしが何とかするから」

分別なく、そういってしまうのが、ホタルという少女なのである。

来た道を引き返さずに、遠回りして商店街の通りに戻ったのは、夕方の賑《にぎ》わいが好きだからだ。

世界のヘソ商店街は、ひょっとしたら日本の中でも有数の、繁盛している商店街かもしれない。立ち退き計画が起こってシャッターを降ろしてしまった店舗もあるが、それでも夕飯の材料を買いに来た主婦や、下校途中で買い食いをしている高校生、買い物をするわけでもなく遊びまわっているセカ小生で、毎日がお祭りみたいに景気が良《い》い。

＊

花屋とパン屋の間の路地、逆光になった建物のシルエットに切り取られた夕焼けが、ドラマチックだ。パン屋のショウウィンドウの中に迷い込んだモンシロチョウを、若い店員が捕まえて空に放す。

篠田夫妻も、今週のデートを終えて別れるところだった。ツエ子さんをタクシーに乗せて、篠田さんが手を振っている。

ホタルは篠田さんと目が合ったので、互いに会釈をした。篠田さんは、慣れた歩みで、ギャラリー他山《たざん》の古い自動ドアの中に入って行く。

ギャラリー他山は、外からのお客さんはあまり来ない画廊だ。だけど、中からのお客さんに重宝されている。

この画廊の一番奥に、『一本道』という題の油絵がある。名画ではない。いや、正直にいうと、かなり下手な絵だ。

なぜならば、この絵は売り物ではないのだ。商店街の伝説によれば、閻魔庁の初代長官――神宮杢太郎《じんぐうもくたろう》が描いたものなのだとか。

――神宮さんって人は、あまり絵心がなかったんだねえ。

ホタルの祖父は、たびたびそういって笑っている。

しかし、商店街の人たちも、画廊のお客さんも、『一本道』が上手《うま》いか下手かなんて、だれも気にしていない。『一本道』は、その名のとおりあの世とこの世をつなぐ道なのである。亡くなってから世界のヘソ商店街で買い物をしたくなったら、この絵の道を通ってやって来る。

二つの世の連絡通路『一本道』を所蔵するギャラリー他山は、まことに重要な場所なのだ。さりとて、経営者はすごい人でも何でもない。ちょっとインテリだが、パチンコとスナック通いが好きな、遠山《とおやま》さんというただのおじさんだ。

篠田さんが入って行くと、遠山さんはすり減ったホウキで店のたたきを掃除していた。ホタルは商店街の子らしく、オンボロの自動ドアの前に立って、中を覗《のぞ》いた。

「遠山さん、また『一本道』を通らせてもらいます」

「どうぞ、どうぞ。気を付けて帰ってください」

遠山さんは愛想良くいってから、ホタルの方に顔を向けた。

「ホタルちゃん、今日は学校遅いね」

帰宅せずに田辺のところに行ったから、まだランドセルを背負っているのだ。

「うん、ちょっとね。じゃあ、篠田さんバイバーイ」

「はい、バイバイ」

挨拶を交わして、通りに出た。信号を待ちながら、田辺に渡したのと同じ宿題を、自分もしなくてはならないことに、今さら気付く。

(借りた漫画、読みたいんだけどなあ)

耳の後ろから、やけに涼しい風が吹いてきた。同時に、なにやらもじもじした気配を感じる。

「あの……」

すごく、いたたまれない様子の、若い女の人が立っていた。それが、ホタルの真後ろにぴったりくっついた感じだったので、思わずのけぞってしまう。ホタルのそんな反応に驚き、女の人はいっそうもじもじした。

「あの……」

(あれ?)

女の人が口ごもるのを見ているうち、影がないことに気付いた。篠田さんと同じ、あっちの人なのだ。そう思って、ホタルは急に親切な気持ちになる。『一本道』を通ってやってくる人たちは皆が特別なお客さんだから、いっそう親切にするようにと大人たちからいわれているのだ。

女の人は「あの……」をまた何べんも繰り返した後、咳払《せきばら》いをして懸命な感じで口を開いた。

「ノザワ・スタジオって、ど……ど——どこでしょうかしら?」

女の人は、とても丁寧な口調でいった。顔付きが深刻だった。その質問を発することに、すごいエネルギーを使ったのがわかる。だから、「わかりません」と答えるのが、申し訳なかった。

「すみません。わかりません」

案《あん》の定《じょう》、女の人はホタルの返答にショックを受けて、しばし言葉をなくした。それから懸命に笑顔を作ろうとして、それがどうしても出来ずに、顔を隠すようにして走り去ってしまった。

（なんか、悪いことしたなあ）

　女の人はあの世から来た人みたいだったから、姿がうすれて消えてしまっても、別に怖いとも変だとも思わない。それよりも、目の前の景色の方が、背筋をざわつかせた。

　商店街のど真ん中に、大きな空き家がある。商店街の通りに面しているのに、お店ではない。大人たちに倣《なら》って、ホタルも「折原邸《おりはらてい》」と呼んでいた。豪邸なのだ。豪邸の空き家だから「廃墟《はいきょ》」ともいうべき大仰なたたずまいで、「お化け屋敷《やしき》」などと陰口までいわれている。

　いくら亡くなった人たちが来るといっても、商店街というのは、陽気で生活感があふれているものだ。その中に、こんな陰気でどんよりした「お化け屋敷」があるというのは、近所の人たちの悩みのたねになっている。

　折原邸には、かつて大金持ちで人間ぎらいのおじいさんが、家政婦さんと二人で住んでいた。おじいさんがいつ亡くなったのか、どんな風に亡くなったのか、だれも知らない。義理堅く冠婚葬祭には互いに駆けつけるのに、おじいさんのお葬式に行った人は、この近所にはだれも居ないのだった。

第三章　ホタル、アカリさんについて調べる

保科文具店の古びた店の引き戸を開けると、オーソドックスな濃緑色の鉛筆とか、三角定規とか、紅白帽とか、意外と進化したコンパスとか、チューブに入った糊《のり》とか、ジャポニカ学習帳とかが、古い木製の棚に整然と並べてある。

小学生の手持ちのお金で買える、見慣れたものが視界にこまごまと納まっているというのは、見ていてとても落ち着くものだ。鉛筆のにおいや、ノートのにおい、セロファンの包みからかすかにもれるユニークな消しゴムのにおいなんかをいっぺんに鼻から吸い込んで、ホタルは奥の靴脱ぎに向かった。商品が入った段ボール箱が積まれてあって、整然とした田辺の家とは月とスッポンのように違う。もちろんスッポンはこっちの方だけど、ホタルは赤ん坊のころから見てきただけに、ホッとする眺めである。

商店街の立ち退き騒ぎに加えて、セカ小が廃校になったら、小さな文具店なんて一

瞬でおしまいだ。

ホタルの両親は、それも時代の流れだとか、別にいいじゃないとかいっている。ホタルだって、おしゃれな新しい家に住んでみたいと思うこともある。でも、保科家特有のこの雰囲気を失うなんて、まだ想像したくないのだ。

「ぼくも、上と掛け合って、商店街の皆さんのご理解を得られるように努力を――」

店と茶の間を仕切る硝子障子《ガラスしょうじ》が開いて、すごくおどおどした若い男の人が出て来た。気を使って、へりくだって、恐縮して、王さまを前にした家来のように後ずさっている。目が後ろには付いていないその人と、あやうくぶつかりそうになるのを避けて、ホタルは、やれやれと思った。

この人は市役所建設課の亀井《かめい》さんという。とても腰の低い、気遣いのある人だ。でも、市道拡張工事の住民立ち退き担当だから、商店街の敵なのである。だからホタルの祖父は、亀井さんのことを大変にきらっている。亀井さんはあまりにも低姿勢だから、ホタルも見ていて少々情けなく思うことがある。

「だまらんか、無能な木《こ》っ端《ぱ》役人め！」

祖父は、ひどいことをいった。いつものことながら、BSで再放送している時代劇の荒くれ者みたいな発言だ。

いかにも、ホタルの祖父は立ち退き問題になると、手の付けられない頑固ジジイと化す。この二人のやり取りは、だれが見ても祖父が悪役なのだが、身内ということもあり、ホタルは祖父の味方である。セカ小の廃校で保科文具店の未来はないが、やっぱり世界のヘソ商店街は唯一無二の場所だし。

祖父はさらに罵詈雑言《ばりぞうごん》を並べて亀井さんを追い出すと、ホタルを見てにこにこした。その変わりようときたら、リトマス試験紙も真っ青である。

「おかあさんから残業だって電話があったから、おじいちゃんといっしょにご飯を食べに行こう」

「わかった」

ホタルはすぐにうなずいて、二階の勉強部屋に駆け上がった。走ろうが、戸を乱暴に閉めようが、祖父はホタルを怒ったりしない。怖いのは、亀井さんと居るときだけだ。

ランドセルを置いて走ってもどると、祖父はいそいそした様子で待っていた。出がけに硝子戸に掛けたカーテンを引いて、二人で外に出てから古い鍵を回した。この鍵を使うのは、コツが要る。ホタルなんかは、なかなか上手くは扱えない。

保科家は、両親と祖父とホタルの四人暮らしである。祖父は、商店会の副会長だ。

両親は文具店を継ぐ気が全くなくて、二人とも会社勤めをしている。祖父も店の将来性に関しては現実的な認識を持っていて、息子夫婦を跡継ぎにしようなんて思ってもいないようだ。が、それでも店を閉める気はない。小学校がなくなったら、文具店のお客もいなくなるのだから、店なんかさっさと閉めちゃいましょうと両親はいうけど、祖父は絶対に聞き入れない。亀井さんに対するよりは少しマシな態度で、でも鼻息荒く頑固さを貫いている。

「学校はどうだった？」

祖父は優しく訊いてきた。祖父は、立ち退き反対運動に理解のある孫娘が、可愛《かわい》くてならないみたいだ。

「田辺が不登校してんの。で、宿題のプリントを届けて来た」

「それは、心配だな。いじめに遭って、転校して来た子だろう」

祖父は商店街周辺で起きていることは、なんでも知っている。

「またいじめに遭ってるんじゃないだろうな」

「それはないよ。どっちかっていうと、学校が好きだから廃校に反対してストライキ……的な感じっていうか？」

嘘《うそ》だが。

「根性のある少年だな」

祖父は感慨深げにうなずいた。

「廃校だなんて……。おかみのやり口は、横暴すぎる。こんなときに、助《すけ》さんや格《かく》さんは、何をしているんだ」

時代劇ファンだから、案外と真剣にいっている。ホタルが「それ、架空の人物じゃん」と突っ込むところまでが、お約束だ。それで、ホタルがいつものように「それ、架空の……」といおうとしたら、ちょうど折原邸の前に差し掛かっていた。あまりに不気味なたたずまいなので、言葉が尻切れに消えてしまう。祖父も苦々しい顔をした。

「このお化け屋敷は、困ったもんだなあ。周りの景色まで暗くなっているじゃないか。市役所は、商店街をつぶす名目にしようとするし。さっさと取り壊して、ここに新しい店が入れば、ずいぶんと感じが良くなると思うんだが」

「どうして、そうならないの？」

「このお化け屋敷の跡継ぎ候補が百人以上も居て、揉《も》めているんだよ」

祖父がいくら文句をいってみても、だれも住んでいないのだから仕方がない。

ぶつくさいいながら向かった先は、商店街から小路《こうじ》に入ったところにある家だ。古くて小さいが、小洒落《こじゃれ》た西洋館である。

小野《おの》まさえという老婦人が、ここに一人で住んでいる。

まさえさんは、商店会会長だ。若いころは、表通りで洋装店を経営していた。その店舗は、今はギャラリー他山に貸している。洋装店だったころは、あの世との通路の役目をはたしていたのは、試着室の鏡だったとか。

まさえさんは祖父の初恋の相手で、今でも憧れの人だ。祖父にとって商店街の立ち退き騒ぎが持ち上がって唯一よかったのは、まさえさんと距離がグンと近くなったことだ。元から幼なじみなのだけど、今は商店会の会長と副会長として、二人は以前よりも頻繁に互いの家を行き来し、お惣菜《そうざい》やお届け物を分け合っている。そのたびに、祖父はまさえさんに会えるから、ご機嫌だ。最近では、手料理をごちそうになることもある。今日みたいに。

「お待ちしてたわよ」

まさえさんは、とてもチャーミングな人だ。今日も、年齢相応だけどエレガントなワンピースを着ている。ホタルもまさえさんの家が好きである。映画を見ているみたいに素敵だから。

「なんだか、今年はいつもより暑いわよね」

ホタルと祖父を迎え入れると、古いシャンソンのレコードをかけた。音が不明瞭な感じがするけど、その分なんだか素敵だ。これが世にいう「古き良き」ってものなわけだ。

古き良きは、音楽だけではない。大きな花瓶には、あまり派手ではない色合いの、大輪のバラが何本も差してあった。壁紙は文化財みたいな重厚な模様で、カーテンはシルク。重たそうな額縁に入った油絵はちょっと下手だけど、これも閻魔庁初代長官の描いたものなので、由緒《ゆいしょ》だけはある。部屋の雰囲気がゴージャスなためか、絵の下手さもピカソみたいに下手ウマに見えるから（いや、ピカソは上手いんだろうけど）不思議である。

「将《しょう》ちゃんたら、突然に夕飯を食べさせろなんていうんだもの」

将ちゃんというのは、保科将吾郎《しょうごろう》――つまり、祖父のことだ。祖父はまさえさんにこう呼ばれるたびに、必ずデレデレする。

「さあ、召し上がれ」

まさえさんは困ったふりをしたけど、張り切ってご馳走《ちそう》を用意してくれていた。

「美味しい？」

「美味しい」

「それにしても――」

食事中の会話は、市役所に甘言《かんげん》を弄《ろう》されて退去側に転じた根性なしの同胞への悪口で盛り上がった。

これまでに廃業や退去を決めたり、もう引っ越してしまったのは、荒物屋、花屋、銀行の支店、歯医者、パン屋、居酒屋、書道教室。銀行は不景気のため閉店、歯医者は奥さんが宗教にはまって破産、書道教室は先生が高齢のための廃業だから不可抗力ではある。

「根性が足りないわよ」と、まさえさん。

「まったくだ」と、祖父。

ナイフがお皿をこすって、キーキーと鳴った。

「ねえ、あの噂を知ってる？　この辺りで起こっている、怪奇現象のこと」

まさえさんは、アカリさん伝説と同時にささやかれ出した、商店街の怪談のことを話し出した。人が居ないのにブランコが揺れていたり、お祭りのスナップ写真が全く別の不気味な屋敷の風景に変わっていたというアレだ。

「揺れているブランコを見て、タコ増さんが高熱を出して寝込んだらしいのよ。そのせいで、立ち退きを決めたって聞いたわ」

「ここの連中は、境界エリアの人間のくせに、特別に怖がりなんだよなあ」

祖父がぼやいた。

＊

帰宅したのは八時ごろだった。

母も帰っていて、茶の間でテレビの刑事ドラマを観《み》ていた。

「おかえりなさい。まさえさんのところで、何をご馳走になったの？」

「ビーフストロガノフ」

「あら、いいわね。おかあさんなんか、のり弁でした」

「のり弁、いいじゃんか」

のり弁が好きだから、少しだけうらやましい。母は「ふん」といった。

「お昼に食べ損ねた、冷たいのり弁だよ。のり弁のリベンジでケーキを買ったの。冷蔵庫に入れといたから」

「もうおなかいっぱいだから、明日食べる」

「そう」

母は、テレビから目を離さないで器用にお茶を淹《い》れる。

「お風呂に入りなさい」

「後で」

二階の勉強部屋に駆け上がった。

ホタルの部屋は、昭和情緒あふれる六畳間だ。学習机が父のおさがりなので、ますます歴史を感じる。そのボロッちい机の横にある錆《さ》びたフックに、ランドセルがきちんと掛かっていた。

「んもう」

祖父と出掛けるのに急いでいたから、ランドセルは畳の上に放り投げて行ったはずだ。きっとおかあさんが来て、片付けたのだと思う。そろそろ思春期が近づいたホタルとしては、勝手に部屋に入ってほしくないのだが。

むくれていたら、当人が階段を上ってきたので、文句をいった。

「おかあさん、また部屋に入ったでしょう。ごまかしても駄目だからね。ランドセルの置き場所が違うから、わかるんだから」

「知らないわよ。あんたがうるさいから、入ってないわよ」

畳んだ洗濯ものを、どっさりと渡される。

「本当に？」

母の顔を疑いの目で見ながら、ふとこれも一連の怪奇現象なのではないかと思った。

「お風呂に入りなさいよ」

母は念を押して階段を下りて行く。

ホタルは「はい、はい」といい加減な調子で返事をして、机に向かった。父のおさがりのノートパソコンを開く。

(さて)

ブラウザを立ち上げ、『アカリさん』『怪談』とキーワードを入力した。

「ん?」

意外なほどたくさんの検索結果が出て、ホタルは面食らった。この街の周辺だけで流行っていると思ったのに、アカリさんの怪談は全国各地にあるみたいだ。話の舞台として、日本中の具体的地名が挙がっていた。……ナントカ公園の噴水の前とか、ナントカ陸橋の下の道路とか、それぞれ極めてローカルな設定になっている。

都市伝説を広く扱っている個人のウェブサイトがわかりやすかったので、そこを中心に読み進んだ。雰囲気を出そうとしてか、黒地に赤い文字が、いささか読みづらいのだが。

そのサイトの管理人は、アカリさん伝説が生まれたのは、一年前だと断言していた。そこから先はさかのぼることができなかったので、確かなことだと書いてある。発生時期が具体的にしぼられたのは、実際に起きた事件が元になっているからではないか、とのこと。

全国に散らばるアカリさん伝説は、似ているようで、さまざまなバリエーションがあった。アカリさんとは、妖怪である。幽霊である。生霊《いきりょう》である。魂を持ってしまった人形である。そのそれぞれが、怖いエピソードをまとっていた。でも、こんなにたくさんの説があると、ちょっと無節操な感じもする。

話のパターン——というか主旨は、大きく分けると二つだ。

一つ目、アカリさんを見たら、ほどなく死んでしまう。

二つ目、アカリさんは虫刺されの薬を欲しがっていて、貸してあげると望みをかなえてくれる。その際には、駆け引きが重要。うまく逃げないと、命を取られる。

セカ小で流行しているのは、この二つ目の説だ。でも、どちらが正しい（？）のだろう。もしも見ただけで命を取られるという一つ目の説が真実（？）だとしたら、田辺はすでにかなり危ない状況だ。

もっとも、いずれのパターンにも回避策はあるのだ。

それは、引っ越すこと。

アカリさんは犠牲者の家を突き止めて襲って来るので、住所を変えてしまえば危険を回避できる。

本当に連れて行かれた人や、本当に引っ越した人の例がいくつか紹介されていたけど、引っ越しなんて簡単にできるものでもない。かつて田辺はいじめから逃れて引っ越してきた。でも、いくら息子ファーストの田辺家でも、怪談を真に受けての引っ越しまではしないのではないだろうか。

ちなみに、引っ越した後に別の人が入居しても、その人が危ない目に遭うことはないらしい。アカリさんはそのあたりはきちんとしていて、人違いで祟ったりしないのだとか。少し、えらい。

田辺が信じて実行した二つ目の説だが、話は日本全国津々浦々に広がっているから、舞台となるスポットもさまざまである。真夜中、学校北西の交差点に虫刺されの薬を持って行くとアカリさんは現れる――というのは、ホタルたちの地域限定ということになる。

(だけど、現に出て来ちゃったんだよね。全国区で出てるとしたら、アカリさんって大活躍じゃん)

この二つの説には、さまざまなオプションのエピソードが存在していた。たとえば、アカリさんは、豪邸に住むお嬢さまだったとか、大きなお屋敷のメイドだったとか。元になった事実があるとしたら、アカリさんと大邸宅は何かの関係があるのかも。そう思ったホタルの頭に、商店街にどんよりと鎮座する折原邸の暗いたたずまいが浮かんだ。

「ホタルー、早くお風呂に入りなさーい。いうこと聞かない悪い小学生のお小遣いは、値上げできませーん」

階下から母の声がした。さっきより、イライラ度が増している。ホタルは「はいはい」と繰り返して、急いで風呂場に駆け込んだ。

保科家の風呂は、むかしながらのタイル張りで、ときどきカマドウマや蜘蛛《くも》が出る。女子の平均からいって虫には強い方だが、真《ま》っ裸《ぱだか》で石鹸《せっけん》まみれという無防備な状態で、そういうのに遭遇するのは楽しいものではない。

でも、今夜は虫とは別のもっと怖い気配を感じる気がして、体がなかなか温まらなかった。ことに髪の毛を洗っているときは、目をつぶっているからよけいにゾクゾクする。いそいで泡を流して逃げるようにして戸を開けた。

そして、ふと振り返る。

ブチ模様のタイルのゆかに、一本の長い髪の毛がへばりついていた。ホタルの髪型はショートカットだし、母はセミロングだ。こんな長い髪の毛が、保科家の風呂場に落ちているはずはないのである。

さっきから密《ひそ》やかな鳥肌を誘っていた冷気が、一気に凍るほど冷たくなった。

と、同時に、頭にきた。

脅かすんじゃないわよ、ふん！

怖さが、自動的に腹立ちに切り替わったのだ。

ホタルは鼻息も荒く服を着ると、足音をたてて台所に向かい、牛乳を一気飲みした。ふくらはぎがかゆくて、見下ろすと蚊に刺されて膨《ふく》れていた。虫刺されの軟膏《なんこう》を塗ってから、その小さなチューブを右手に握る。

「よし」

ホタルの胸には、ある決心が固まっていた。

第四章　ダイオンリョウ

　虫刺され軟膏を持って、真夜中に家を抜け出した。もちろん、家人には内緒である。

　部屋も廊下も階段も、玄関兼用の店の中も、静まり返っていた。古い床板が、ときおり軋《きし》んで鳴った。昼間なら生活音に紛《まぎ》れて意識に届かないほどの音が、雷鳴みたいに大きく聞こえる。

「おっとっとっとっと……」

　抜き足差し足、靴脱ぎの上のスニーカーに足を通して、外に出た。真夜中に家を抜け出す罪悪感は予想以上に大きく、表通りから届く赤信号の明滅する陰気な光に、それを暴き出されている気がした。

　外に出ても、やはり足音は思いのほかに響く。

　かさこそ……すたすた……。

自分の出す押し殺した物音に混じって、誰かが付いて来るような気配を感じ取った。あまりにも神経を研ぎ澄ましているから、お風呂のときのように、居ないものの存在まで感じているんだろうか。いや、風呂場には、確かに何者かが居たのだ。その証拠にあの髪の毛……。

(……とりゃ!)

牽制《けんせい》球を投げる野球のピッチャーみたいに、素早く振り向いてみた。

しかし、そこにあるのは無人の夜の闇。

いや、だれかがこちらに来る。千鳥足の、酔っ払いのおじさんだ。物の怪とはまた別の意味で緊張したが、おじさんはホタルを小学生とは認識しなかったようで、よたよたしながら通り過ぎて行った。

ホッとした次の瞬間、常夜灯に照らされた高橋《たかはし》時計店の丸時計が、午前零時を指しているのに気付く。

(ヤバッ!　間に合わない)

アカリさん召喚は、午前零時ぴったりでなくてはならないのだ。

慌てて学校北西の交差点に向かって走った。

片側一車線の四つ辻《つじ》は、だれも居ないせいか、やけに広く感じられた。横断歩道に四方を囲まれた中心部に立って、ホタルは自由の女神みたいに颯爽《さっそう》と虫刺され軟膏のチューブを夜空に向けて突き出した。そして、われながら、変な恰好《かっこう》だと思った。だけど、自分のおかしな行動に照れている場合ではなかった。

女の人が、現れたのである。

その人は、確かにだれも居なかった場所に、忽然《こつぜん》と立っていた。煙のようにゆらゆらと……なんて感じでもなく、しっかりと出現した。

（ほんとに、出たよ……）

その女の人は、髪の毛が長い美人だった。ちょうど、風呂場に落ちていたくらいの長さの髪だ。黒髪を真ん中分けにして、白いワンピースを着ている。ホラー映画に登場するみたいな、実にスタンダードな美人幽霊のスタイルだと思う。

予期していたとはいえ、その現象はホタルの度肝を抜いたが、それより驚いたのは、ホタルが彼女を見知っていたことだ。ナントカのスタジオに行く道順を訊いてきた、あの女の人だったのである。

「あら」

と、その人はいった。初対面でないと、気付いたらしい。ほんのりと笑顔になる。

ホタルは、今さらながら危機感を覚えた。

（これは、ヤバくない？　いや、ヤバいよね）

道を訊かれたときは、まさかこの人が話題の人物（？）だなんて思いもしなかったから、特別に怖くはなかった。影がないことには気付いたけど、そういう人は、世界のヘソ商店街では珍しくもない。

でも、こうして怪談の舞台のど真ん中に出現されると、むやみやたらと怖かった。ウェブサイトによれば、見ただけで死ぬという説もあるわけで、ホタルは急に心配になった。もしもこれで連れて行かれるとしたら、田辺も一蓮托生《いちれんたくしょう》ということか。ああいうお坊ちゃんと一蓮托生だと、気を使いそうだなあと思った。それに、仲間が居るから安心というような話でもない。でも、ここで怖がっていても、どうなるものでもないし。

ホタルは意を決して、女の人に向き直った。

「あ、あの――！　アカリさんですよね」

アカリさんはびっくりした後、無言でうなずき、もじもじおどおどした。幽霊とかそういった関係の者は、自分の名前を呼ばれるのがダメージになるのかもしれない。有名な相手に対して失礼なことをしたと思い、ホタルは慌てて謝った。

「すみません。あたしは、セカ小五年二組、保科蛍《ほたる》です。よろしくお願いします」

（あ。よろしくとかいっちゃったら、ますますマズイって）

ホタルはあせった。アカリさんも「いいの」とか「こちらこそ」とかつぶやいて慌てている。ほかにもいいたいことがあるらしくて、口を開いたり、ためらったり、首を振ったりと、落ち着かない様子になった。

「あの……実は、あのね……」

アカリさんが意を決したように顔を上げたとき、別の騒がしい気配が近づいて来た。

さっき通り過ぎたはずの酔っ払いのおじさんが、制服の警察官を伴ってこちらにやって来るのである。

おじさんは、ホタルを指さして「真夜中に小学生が――真夜中に小学生が」と、しきりに怖い声を出していた。

（うわー、マジか）

補導されて、親や学校に知らされたら、ホタルは不良少女に認定されてしまう。そんなことになったら……どんなことになるのかわからないくらい、面倒な大事件に発展しそうだ。少なくとも、交渉中のお小遣い値上げについては、たちまち不利な立場に追いやられるだろう。

そんなわけで、ホタルはアカリさんをほったらかして、逃げた。

「こら、きみ――」

警察官の声が追ってくるけど、ホタルは立ち止まらなかった。

連なる家並みの影の中を走りながら、何度も振り返る。

おじさんと警察官は見えなかったけど、ほんの束《つか》の間《ま》、奇妙なものが見えた。

それは、アカリさんではなくて。

黒ずくめの服を着た、数人の男たちである。

彼らはアイドルグループみたいに、動きがそろっている――というか、雰囲気がそっくりな人たちだった。その統制の取れた所作で、確かにホタルを追って来ている。

そういうと、とてつもなく怪人めいた風に聞こえるけど、シルエットからして彼らの着ている黒服はジャージみたいで、なんだか庶民くさい。だけど、ひどく感じが悪くて、怪しくて、ホタルに対して敵意を持っているように見えた。もっとも、立ち止まって観察する余裕などなかったのだが。

＊

翌日の放課後、ホタルはギャラリー他山の前で、祖父と立ち退き反対派の仲間たちが、掃除をしているのを見た。

（なんで？）

商店街の清掃ボランティアなら、普段は朝早くにしているのに。

不思議に思って近づいて行くと、祖父たちはプリプリと怒っていた。一同が片付けていたのは、破り捨てられた紙切れである。立ち退き反対のビラが、落書きされたり破り捨てられたりしているのだ。

「このところ、変な連中がうろついているんだ。おそらく敵の工作員ですよ」

本田電気店の若旦那が、大真面目に話している。

ホタルは、大の大人がスパイごっこみたいなことをいうのがおかしかったけど、昨夜の黒ジャージの男たちのことがすぐに頭に浮かんでハッとした。とはいえ、真夜中に怪しい男たちを見たなんていうわけにもいかない。

そんな感じで、商店街のおじさんたちがカッカしていた最中だったのに、そこを通りかかってしまう市役所の亀井さんは、まったく運の悪い人だ。

「見てくれ、ヤツが来る」

「おのれ、木っ端役人め」

祖父とおじさんたちは、小鹿を見たライオンの群れみたいな殺気を放った。

「あ、あの……保科さん、今、おたくに行くところだったんです」

亀井さんは、自分に向けられた友好的でない空気に気付き、一所懸命に笑顔を作った。

「今度の説明会には、ムーンサイドモールの社長が出席しますので、そのことをお知らせに」

ムーンサイドモールというのは、世界のヘソ商店街の移転先だ。去年、郊外にできた大型ショッピングモールである。つまり市役所建設課とは別の、もう一つの敵の牙城というわけだ。

ともあれ、亀井さんという人は、こういう電話で済むようなことでも、せっせと足を運んで知らせに来る。でも、その誠意が通じたためしはない。

今日もおじさんたちに囲まれて、ビラが破られた八つ当たりもあり、ひどいことをいろいろいわれ出した。祖父は例によって、亀井さんのことを「木っ端役人」とののしっている。亀井さんは誠実な若者なので、祖父たちに責められていると、一方的な被害者に見えた。

そんな具合に商店街のおじさんたちが「やいのやいの」いっていたとき、ギャラリー他山から篠田さんが出て来た。毎週、あの世から奥さんに会いに来る、あの篠田さんだ。

「あれ？　篠田さん、今日はデートの日じゃないよね？」

「うん。ちょっと、お醤油《しょうゆ》を切らしちゃってね」

ホタルが何気なく声を掛けると、篠田さんも何気ない返事をよこす。

その横から、頓狂《とんきょう》な声が上がった。

「は？　え？　うわあ！」

商店街の過激派一同に責められても、「すみません」とか「善処します」とかいって健気《けなげ》に耐えていた亀井さんだが、穏やかで礼儀正しい篠田さんを見たとたん、顔色がざあっと青ざめた。

亀井さんは世界のヘソ商店街に通い詰めているくせして、特別なお客さんを見たのは、初めてだったようだ。いや、向こうの人たちはいつも普通に闊歩しているのだから、亀井さんだってこれまで見たことがないはずはない。でも、その人たちが油絵の額縁から現れて、しかも影がないことを目の当たりにしたのは初めてだったのだろう。

「うわ、うわ、うわ」

亀井さんは海の哺乳類《ほにゅうるい》にも似た悲鳴を上げて、半べそをかいて、腰まで抜かして、ものすごく怖がった。

その様子があまりに劇的だったもので、篠田さんまでびっくりしてしまい、慌ててギャラリー他山の店内に駆け戻ってしまった。

そして亀井さんは、『一本道』の中に入り込む篠田さんを、目撃してしまった。それが駄目押しとなった。

「くしゅもな……」

亀井さんの口から意味不明なつぶやきが漏れ、それっきり気絶してしまった。

「篠田さん、でかした！」

商店街のおじさんたちは憎い建設課をやっつけたといって、無邪気に喜んでいる。

その傍らで、ホタルは慌てた。

（いや、ヤバイよ。おじいちゃんたち、喜んでる場合じゃないでしょうよ）

亀井さんたち市役所建設課は、ここがあの世の人たちにも開かれた場所であることを知らない——らしい。「らしい」というのは、同じ市役所でも戸籍課では、閻魔庁と情報交換をしている「らしい」からだ。

世界のヘソ商店街はどんな亡者《もうじゃ》でも立ち入り自由だが、亀井さんみたいな何も知らない外の人たちを驚かしたり怖がらせたりしてはいけないという決まりがある。この点はなかなか厳重に取り締まられていて罰則の規定もあるらしいので、ホタルは今の一件について胸騒ぎを覚えてしまう。

＊

すぐに家には帰らず、狗山《いぬやま》神社に行った。

商店街の近くにあるこの神社は、狗山という低い山の頂上にある小さな神社の別宮《べつぐう》で、なにやら大変に霊験《れいげん》あらたかな祟り神を祭っている。

しかし、この神社建立《こんりゅう》の動機は、はなはだ不純なのである。東京の巣鴨《すがも》の商店街を真似《まね》して、神社の参拝客に商店街で買い物をしてもらおうという、商魂第一の目的で誘致した。つい、三年くらい前の話だ。

ただ、不思議なことに、たった三年前に建てた神社は、まるで三百年も経たみたいな古びて荘厳なたたずまいとなっている。――荘厳といっても、ごくごく小さなお社だけど。

――こんなすぐにオンボロになるなんて、廃材でも使って建てたんじゃないのか？

などといった罰当たり者が居た。

すると、神罰てき面で、その人は会社の大事なプレゼンのときにゲップがとまらなくなり、お見合いのときに鼻血がとまらなくなり、結婚披露宴のときにおならがとまらなくなった。新婚旅行から帰ったら自宅が竪穴《たてあな》式住居に変わっていた。

あまりにもわかりやすい祟りに、彼も彼の親族も恐れをなして、財産の半分を狗山神社に寄進して、ようやく許してもらえたという。下心たっぷりの商店街幹部たちに誘われて、軽々に来てくれたけど、実はすごい神さまらしい。世界のヘソ商店街に誘致されるくらいだから、この世とあの世の境界にも関係していると祖父たちは噂している。閻魔庁の関係団体である商店街の人たちも「噂」だけでしかとしたところは知らないのだから、ますます謎めいている。

「あ、ラッキー」

鳥居の下で四葉のクローバーを見つけたので、ランドセルからノートを出して白いページにはさんだ。

ここはいつ来ても、赤ら顔で大柄な神主が境内の掃除をしている。神主なのに、商店街の人たちからはなぜか「赤井《あかい》局長」と呼ばれていた。赤井局長はまるで手品師のように、別の場所にも同時に存在していて、そこでは郵便局の局長をしていると聞いた。世界のヘソ商店街は現世の法則からはみ出したところがあるが、狗山神社と赤井局長はまた特別に摩訶不思議《まかふしぎ》な存在なのだ。

さりとて、赤井局長は親切で話しやすいおじさんである。

「こんにちは」

ホタルが声をかけると、赤井局長は大きな赤ら顔をにこにこさせた。

「こんにちは、ホタルちゃん。どうかしたのかな？」

「うん。相談があって」

真面目な顔でそういうと、赤井局長はＤＩＹでこしらえたベンチを手で示した。神社なのに、ベンチの周りにはストロベリーポットや西洋の妖精の像なんかが飾ってある。

赤井局長と並んで腰かけ、ホタルは田辺のことや、怪談のことを話した。小学生なりに、霊障《れいしょう》は神社か寺に相談するというのが基本だと思ったからだ。

「その幽霊を退治してほしいんです」

「うーん。事情もわからないのに、やみくもには退治できないよ」

赤井局長はホタルの顔をまっすぐに見て、優しい声でいった。

「幽霊だって、生きている人と同じで、いろいろと事情があるものなんだよ。生きている人だって、悪いことをしても、ちゃんと裁判を受ける権利があるんだ。ましてや、その人は何も悪いことはしていないんでしょう？」

「でも、田辺に祟っているよ。田辺、学校に来られなくなってるもん」

「田辺くんは、元からここの子じゃないから幽霊に不慣れで、それで怖がりすぎなんじゃないのかい？」

「いや、どっちかというと、地元の人の方が怖がりだよ。それにね、あたしもアカリさんを呼び出したんだけど――」

幸か不幸か酔っ払いのおじさんに邪魔されて、途中で逃げ帰った。そのせいか、田辺みたいに付きまとわれたりはしていない。

「ふむ。その幽霊は、どんな人なのかな？」

「うらめしやって感じ」

「ええ？」

子どもっぽい答えに、赤井局長はおかしそうな顔をした。

「怖かったってこと？」

「怖いというか、おどろおどろしいというか。『一本道』を通って商店街に来る篠田さんたちとは、全然違ってた」

「なるほど。だったら、その人は、怨霊なのかもしれないなあ」

赤井局長は、二つに割れた顎を親指で撫《な》でながら、考え深そうにいった。ホタルは

「うん、うん」とうなずく。

「怨霊って、思い残すことがあって成仏できないんですよね。幽霊より怖いんですよね」

「そうだよ。中でも一番怖いのが、大怨霊っていって――」

「ダイオンリョウ？　なんか、騒音公害みたい」

「だれにも死んだことにすら気付いてもらえず、まったく供養してもらえない霊魂《れいこん》は、大怨霊になることがある。とても可哀相《かわいそう》な存在なんだ」

それが、大怨霊の定義である。

「もっと一般的な幽霊トラブルだと何とかできるけど、大怨霊となるとわたしたちでは手のほどこしようがないなあ」

「そんなあ」

困ったときの神頼みができないのなら、だれに頼めばいいのか。ホタルは、情けなく眉毛を下げた。そんなホタルの頭を、赤井局長は分厚い手のひらでぽてぽてと撫でた。

「明日は宵宮《よいみや》だから、ぜひ来てね」

「うん。友だちと来る予定」

掃除にもどった赤井局長の大きな背中を目で追ってから、拝殿に向かった。まさえさんからもらったビーズの小さな財布を開き、ちょっと奮発して五十円玉を取り出した。

(アカリさん問題が解決しますように。セカ小が廃校になりませんように、お小遣いを値上げしてもらえますように)

奮発したとはいえ、いずれも五十円で解決してもらうには、大きすぎる問題だ。

第五章　宵宮の出会い

狗山神社の周辺では、午前中から露店を組み立てる作業が始まった。

学校の休み時間は、教室でも廊下でも放課後の打ち合わせをするグループがあちこちに発生した。もちろん、今夜の宵宮に行くための話し合いだ。待ち合わせの時間と場所、予算はいかほどか、何を着ていくか、お化け屋敷に入るか、など議題はいくつもある。

いざ夕方が近付くと、ホタルはクラスの女子四人と一緒に出掛けた。

狗山神社に続く道路は、両端に露店が立ち並んで、小学生の目には理想郷の風景にも見えた。「ヨーヨーが欲しいんだけど」「お参りをしてからだよ」なんて騒ぎながら鳥居をくぐる。

赤井局長は大相撲《おおずもう》みたいな本格的なスタイルで、チビッコ相撲の行司をしていた。ホタルのクラスの男子も、まわしを締めて参加している。

「やあだ。藤井《ふじい》ったら、パンツの上にフンドシはいてる」

「パンツ丸見えだねー」

ホタルたち五人は、意地悪くギャハハハと笑った。

少し離れた場所では、すごい筋骨隆々の男の人と、やさしそうなおじいさんが、バーベキューをしていた。トングと紙皿を持ったパンチパーマの中年男が、なぜかひどく怒りながら、焼けた肉を配っている。

「只《ただ》だと思って、あんまりぱくぱく食べるんじゃないわよ」

パンチパーマの人は、おばさんみたいなしゃべり方をする。ホタルの方にグイッと皿を押し付けて、邪悪そうに笑った。

「それ、何の肉だと思う？」

「牛肉じゃないんですか？」

女子五人は、相手の感じ悪さをものともせず、喜んで焼肉をほおばった。かつて食べたことのない、おいしさだ。まるで口の中が天国になったみたい。そんなホタルたちを見て、感じの悪いパンチパーマの人は、ますます邪悪な笑い方をした。

「ブー。ハズレー。これは、クマよ、クマ。可愛いプーさんのお肉なのよ」

本当か嘘かはわからないが、悪趣味なことをいって周囲の人をひかせている。

「ホシナ、あれ。握手会だって。芸能人とかかな？」

友だちに腕を引っ張られて、視線を巡らせた。

こともあろうに、拝殿の賽銭《さいせん》箱の真ん前にパイプ椅子と会議用の机を設置して、十代後半くらいのびっくりするほどの美少女が参拝客に握手サービスをしていた。

もっとも、サービスといっても無料ではない。机の上に小型の賽銭箱が載せてあり、握手を求める人たちはそこにお賽銭を投じていた。

（なんて、あざとい……）

あざとい美少女は古めかしく、そして絢爛豪華《けんらんごうか》な衣装をまとっている。成人式や卒業式よりもずっと豪華な衣装だ。百人一首の絵札にも似ているが、もっと華美である。それはそうと、こんな初夏の夕方に、厚ぼったい錦繍《きんしゅう》の衣装をまとって、大丈夫なのだろうか。そばに飲み物も置いてないし、汗を拭くタオルもないし、そもそも汗一つかいていない。

「なんなの、あの人。神さまの真ん前で、失礼じゃない？」

「すみっこに、場所もっと空いてるじゃんね」

友だちは口々にそんなことをいい出し、しかしホタルは美少女のかたわらに意外な人を見かけて眉をひそめた。こんなお祭りにはそぐわない、昭和のサラリーマン風のおじさん。地味なネズミ色の背広を着て、黒ぶち眼鏡をかけて、髪の毛はポマードをたっぷりなすりつけた七三分けだ。

「あれ？　閻魔庁の北村さんだよ」

世界のヘソ商店街はこの世とあの世の結び目だから、往来を管轄する閻魔庁の職員がよく訪ねてくる。それが、七三分けの北村さんなのである。

神を神とも思わぬ美少女の握手会を見守るように——世話人かマネージャーみたいなポジションで、閻魔庁の北村さんがその場に立ちはだかっているのは、なぜ？

首を傾《かし》げて眺める先に、祖父の姿を見つけた。憧れのまさえさんと連れだってそわそわしているのだが、神を神とも思わぬ美少女の握手会にも気持ちを惹《ひ》かれているらしく、なおさらそわそわしている。

騒ぎが起こったのは、そのすぐ後だった。

町内では見かけない若い男の人が、机と賽銭箱越しに美少女に抱き着こうとしたのである。

ドテッ、ゴロリ、ガシャン、ジャラジャラ。

机の上から賽銭箱が落ちて、小銭が四方八方に散った。

そばに居た男の人たちが怒り出し、女の人が悲鳴を上げた。赤ちゃんが泣き出し、小学生が笑い出し、高校生が「ダセーダセー」と連呼している。

そんな中、美少女が、つと視線を上げた。

「え？」

カラーコンタクトなのだろうか。虹彩《こうさい》が金色に光った。

ただの金ではなく、両眼が光を発しているのだ。

そして形の良い真紅の唇が、クイッと笑った。

ホタルはそれを見て、わけもわからずゾッとした。

その瞬間である。

不埒《ふらち》男の鼻から、鼻血が噴出した。

半端な量ではない。水道管が破裂したみたいに、谷岡《たにおか》ヤスジの漫画みたいに、ブーー！　と噴出したのだ。

恐ろしい光景だった。笑う小学生は半泣きになっているし、「ダセー」という高校生は声が裏返った。祖父とまさえさんが、驚いて転倒した老人クラブの友だちを助け起こそうと、顔を真っ赤にしている。バーベキューのお客がのどに肉を詰まらせて、げほげほとむせ始めた。

阿鼻叫喚《あびきょうかん》の大騒ぎになった。

その間にも、不埒男はブーブーと鼻血を出し続けている。その顔色が、出血多量で黄緑色になってきた。

それを金色の目でじっと見つめていた美少女は、小さな白い手をほんの少し持ち上げた。

そこで再び、大騒動が起きた。

転んだ老人クラブのおじいさんたちが起き上がり、バーベキューにむせていた人ののどから肉片が飛び出して紙皿にもどり、小学生は相変わらず泣き笑いしているんだけど何とも変な笑い声で、高校生たちは「ーセダ」「ーセダ」と喚《わめ》きたてた。

つまり、映像ファイルを逆再生したみたいな現象が起きたのである。

だから、ブーブーと噴出して地面にこぼれた鼻血は、不埒者の鼻穴に逆戻りした。まるで魔法みたいだったが、実際にそれは魔法だったにちがいない。

それというのも、金色の目の美少女はすうっと立ち上がり声を発した。その声は、人間の声ではない。大勢の老若男女が同時に発したみたいな、厚くてこだまする、まるで神のような声だった。

『愚か者めが』

鎮守《ちんじゅ》の森の梢《こずえ》で風が鳴る。どこにもない幾百の鈴の音が和した。

「い……狗山比売《ひめ》」

ホタルの祖父が、十戒をもらったモーゼみたいに恭《うやうや》しい声でつぶやいた。

続いて老人クラブの仲間たちがどよめき、北村さんが「神さま、ちょっと」と迷惑そうにいった。

「え……。あの人って、ここの神さまなの？」

うろたえるホタルの周りで、拍手が起こった——いや、拍手ではなくて、柏手《かしわで》だ。皆が一斉に二礼二拍手一礼をした。

感動的なシーンだった。

呆気《あっけ》に取《と》られていたはずのホタルたちも、どうしたわけか大人たちと同じく美少女に向かって参拝の所作をしてしまう。なるほど、神さま当人ならば、自分の拝殿の前で握手会をしても罰当たりにはならないわけだ。

そのとき、ホタルは背後から来る視線を感じた。

何気なく振り返って、見たものは——かなり離れた場所に仁王立ちしている、和服の老人だった。小柄で痩せていて、禿《は》げ頭《あたま》に少しだけ生えた白髪を長く伸ばして、ケサランパサランの化身みたいに見えた。つまり、とてもユニークな姿のおじいさんである。

「お、おう！」

祖父もホタルと同時にその人物の存在に気付いたらしい。親し気に片手をあげて挨拶をした。

しかしケサランパサラン爺《じい》は、プイッと脇を向くと、きびすを返して境内から出て行ってしまった。その後ろに、まるでバックダンサーみたいな黒服の男たちが従う。

狗山比売の神通力《じんつうりき》に続き、けったいな風貌のケサランパサラン爺を見てすっかり動転していたホタルは、遅ればせながら気づく。――その黒服の男たちこそ、真夜中の交差点からの帰り道、ホタルを追って来た黒ジャージの男たちではないか。

「ねえ、将ちゃん。今の人、大ちゃんでしょ？　あの出門大太郎《でもんだいたろう》くんよね？」

まさえさんが、目を瞬《まばた》かせている。

怪しげな黒服グループを率いる感じの悪いケサランパサラン爺が、祖父たちの知り合いだというのは、まことに意外だ。先方は祖父に親しみを向けてはいない様子だったけど、祖父の方はその無礼さに気付いてもいない。商店街の顔役だから、皆に声を掛けられて、細かいことにかまっていられないのだろう。

一方――。

『皆の者、横入りはいかんぞ』

老若男女混声の和音が、美しい口から発せられる。

『ズルなどしたら、祟ってくれようぞ』

狗山比売は平然と握手会を続け、相変わらずデレデレした男の人に加え、信心深い老人たちが列に加わった。神さまに会えて感激したおばあさんが、狗山比売の袖にぺたぺた触っているけど、今度は何の祟りも起こっていない。

ホタルたちの背後で「わっ」と声が上がって、友だちに肩をたたかれた。

「見て、見て。藤井、勝ってる」

チビッコ相撲に出ていたクラスの男子が、苦戦の末に体格の良い六年生を投げ飛ばした。なかなか良い勝負だったらしい。パンツの上にまわしを締めた藤井は、鼻の孔《あな》を丸くして得意がっている。

「あたし、トイレ」

ホタルの肩に手を掛けていた友だちがいうと、ほかの子たちも行くといいだして、ホタルだけが取り残された。

こういう場所にひとりぼっちで居るというのは、何だか間がもたない。ぽつねんと立ち尽くし、いっしょに行くべきだったかなと思っていたら、また肩をたたかれた。

ずいぶん早いおしっこだなあと思って振り返ると、一緒に来た女子たちではなく、田辺が居た。懸命に笑顔になろうとして、変にはにかんでいる。

「えー、田辺じゃーん。外に出られるようになったんだ？」

ホタルのテンションが一気に上がった。それに驚いたように、田辺は一層はにかんだ。

「少しずつ慣れた方がいいかなって思って。今日はまだ、彼女のこと見てないし」

「いいじゃん、いいじゃん。田辺、えらいよ」

ホタルが褒めると、相手は意外なくらい嬉しそうな顔をした。

「ねえ、一緒に見ない？」

露店を目で指している。ホタルは躊躇《ためら》ってから、女子の友人たちは仲間が居るからいいだろうと思った。

「オッケー」

田辺と並んで、露店を冷やかした。田辺はホタルの知らないアニメのキャラクターのお面を買って顔を隠した。アカリさん対策とのこと。

「あのさ、石山桜子《いしやまさくらこ》さんを見付けたらどうかなと思うんだ」

「イシヤマサクラコ？　だれだっけ？」

「知らないの？　セカ小の伝説の卒業生だよ。凄腕《すごうで》の霊能力者なんだ」

田辺は得意そうな調子で、説明した。

石山桜子という人は、何十年も前にセカ小を卒業した。小学生だったころから大変な霊能力を発揮し、テレビ番組に出演したことまである。大人たちが霊障の相談に来ていたというから、プロはだしだ。セカ小の在校生時代も、屋根裏に妖怪を封じたとか、いろんな伝説があるらしい。

「へえ」

転校生の田辺に学校のことを教わるなんて少し癪《しゃく》に障ったけど、それよりこの突飛な話を信じるか疑うかの選択が先だ。

「確かに、学校の屋根裏って立ち入り禁止だけど。あそこに、妖怪が閉じ込められているっての？　石山桜子って人が、やったっての？　うーん、なんか、すごいね……」

「黄泉《よみ》の国と行き来していたって話もあるんだよ」

「昔話で、そういうのあったんじゃない？」

「六道珍皇寺《ろくどうちんのうじ》の小野篁《おののたかむら》だろう」

「わかんないけど」

「小野っていえばさ、石山桜子さんって、小野まさえさんの親戚なんだって」

「へえ。まさえさんの？　だったら、頼めば、何とかなるかも」

そういうと、田辺は俄然《がぜん》元気になった。ちょうどお化け屋敷の小屋の前を通りかかったときだったので「入ってみようか」なんていい出した。

「オッケー」

好奇心旺盛で怖いもの好きのホタルは、二つ返事で承知する。

ところが、いざ入り口をくぐると、田辺は予想以上の怖がり屋ぶりを発揮した。

お化けの人形あり、おどろおどろしい墓場の風景あり、機械仕掛けありで、どれも怖いというより古き良き時代の雰囲気満点である。たまに人間が幽霊に扮《ふん》していて、手をつかんできたり、「うわー」といったりするのも、なかなか面白かった。

でも、田辺はいちいち驚いたり、悲鳴を上げたりして、大騒ぎしている。しまいにはホタルを楯《たて》代わりに、背中に隠れてしまった。

「ホシナ、このまま進んで」

「ちょっと、いい加減にしなさいよねー。ん？」

怒り出したホタルだが、不意に目を凝《こ》らした。

段ボール製の古井戸の陰に、作り物や変装のお化けとは違い、やけに鬼気迫る人が居た。

鬼気迫る。そう感じたのも、当然である。

その人だけは影が落ちていなくて、しんみりとした陰気さと無念さで、独特の気配を発散しているのだ。長いストレートの黒髪と白いワンピースという、典型的な幽霊スタイル。世界のヘソ商店街には黄泉の国の人がたくさん来るけど、こんなにも「うらめしや」って感じの人は、そうそう居るものではない。

「あ――アカリさんだぁ」

これまで二度も会っていたから、すぐにわかった。

「え……」

背中にくっついた田辺が、寝入りばなみたいにピクリと一つ大きく痙攣《けいれん》した。次の瞬間、来た順路を逃げ戻ろうとするので、ホタルは慌てて手首を捕らえる。

「こら、逆戻りしたらダメって書いてあるじゃん」

「だって、でも――」

逃げる、駄目と、ホタルたちが押し問答というか引っ張り問答しているうちに、アカリさんはしょんぼりとうなだれて順路の先へと行ってしまう。

「追いかけるよ」

「いやだ、無理」

「付いてこないと、アカリさんのこと呼んじゃうからね。そしたら、あんた、ここですぐに祟られるんだから」

「そんな、やめてよ」

「だったら、おとなしく付いてきな」

ホタルが強引に引っ張ると、田辺は諦めて従った。

怖がらせる目的でこしらえたおどろおどろしい通路を巡り、お化け役の人とお化けの人形と、不気味な小道具が入り乱れる中、アカリさんはしょんぼりとうなだれて出口に向かう。案外と速足なので、追い越されたカップルがひどく驚いて怯《おび》えている。アカリさんは、本物の怨霊だから何もしなくても迫力があるのだ。田辺はベソをかいているが、ホタルの脅しを真に受けて、懸命にがんばった。

お化け屋敷の出口は、とても殺風景な原っぱになっていて、目の前にこんもりとした土塁ができていた。

つい目の前に居たはずのアカリさんの姿はどこにも見えず、ホタルは田辺を引っ張ったままで土塁に駆け上った。

ほんの二メートルばかりの小山のてっぺんに立ったとき、カッと光が走った。雷だ。

同時に、シャワーのような雨が降り始める。

一つ向こうの通り――宵宮の露店が並ぶ道路から、雨に驚いた人たちの声が、その大変な雨のとばり越しに聞こえて来た。

「どこに行ったのよ」

ホタルが憤然とつぶやいたとき、黒い雨合羽の男たちが視界を横切った。まさえさんが「大ちゃん」と呼んでいたあの老人の取り巻きたちである。

その男たちに護衛されるように、白いワンピースの女の人が見えた。雨でかすんでいたけど、それは確かにアカリさんだった。

第六章　篠田夫妻

夜中に目を覚ましたホタルは、どうしたわけか窓の外が気になった。

カーテンを引いてしまえば、外と家の中とは別世界という気がしているから、普段ならばよっぽどでなければ外に意識なんて向かない。よっぽどというのは、この間みたいに真夜中にアカリさん召喚を試みる——などということだが、あのときはアカリさんよりも、警察に補導される方が怖かった。

だけど、今はやけに背中がゾクゾクしている。夕方、実際にアカリさんを見付けて尾行したときには、怖さはあまり感じなかった。だけど、今、外に居るものの気配は、田辺からアカリさんのことを聞いたときに感じた不気味さと一致する。

カーテンの隙間からのぞいた街灯の下に、白いワンピースの女の人が居るのを見て「やっぱり」と思った。向こうから見張られている（？）というのは、わざわざ真夜中に心霊スポットに出掛けて行くよりも、イヤな感じがした。

（田辺は、こういう感じで取り憑《つ》かれているわけか）

などと気丈に分析したつもりでも、不気味なものは不気味なのだ。

アカリさんは、すごい怖いときと、ごく普通のときがある。怪奇現象を扱ったドラマを観るとき、こちらの状態の違いで怖かったり平気だったりするのと、同じなのだろうか。で、今のアカリさんはとても怖い。

こんなときは、眠ってしまうに限る。と、布団《ふとん》に戻りかけてから、もう一度だけ外を見た。街灯の下には、だれも居なかった。カーテンをちゃんと開けて、きょときょとと一帯を見渡したが、アカリさんはおろか人魂《ひとだま》ひとつ飛んでいない。

（目の錯覚だな。目の錯覚に決定）

布団に潜り込むとすぐにまた眠れたのだが、繰り返し怖い夢を見た。長い黒髪を振り乱した女の人が、窓にへばりついて部屋をのぞいている――という夢だ。

魔よけの呪文を唱えようと思ったが、そんなのは一つも知らないので、『聖《きよ》しこの夜』を歌ってみた。それは、のど飴《あめ》くらいには効いた。というのは、ホタルが歌うと、幽霊は少しだけ窓から離れるのである。でも歌い終えると、すぐに戻ってくる。少しでも声が小さいと、やっぱりにじり寄って来る。だから、夢の中のホタルは延々と『聖しこの夜』を大声で歌い続けなければならないのだ。ちなみに、『ジングルベル』ではまったく効果がなかった。

朝、目覚ましが鳴って起きたときは、なんだかとてもぐったりしてしまった。昨夜閉め忘れたカーテンのすきまから、ギラギラした朝日が部屋に差し込んでいた。

*

運動会の翌日の日曜のことである。

母に頼まれて干し椎茸《しいたけ》を買いに行ったスーパーの入り口で、篠田ツエ子さんがぽつねんと椅子に腰かけていた。買い物をした人が、ちょっと一休みするために置かれた椅子だ。休憩用のベンチはほかにないので、ときたま近所のじいさんばあさんがたむろしている。

ツエ子さんはほかの町の人だし、いつもは旦那さんと一緒だから、これまでここに居るのは見たことがない。そもそも、買い物なら自分の家の近所でするだろうし、世界のヘソ商店街には篠田さんに会うために来ているはずなのだが——。

「あれ？　今日は一人なんですか。珍しいですね」

「夫に転生辞令が出たんです」

「ん？　それって？」

ホタルは、きょとんとした。

「生まれ変わることが決まった人に、閻魔庁がくれる命令書で――」

「え。そんな。だって……」

亡くなった人が生まれ変わるときには、前世の人間関係がリセットされる。家族も友だちも、次に生まれ変わるときには関係は継続されない。でも、戦死した兵士だけは、来世も奥さんといっしょに転生できることになっている。だから篠田夫妻は、ツエ子さんが寿命を全《まっと》うするのを待って、二人で生まれ変わるはずだった。

もちろん、同じタイミングでこの世に生まれ出たからといっても、再び出会って結婚する確率なんて、とても低い。それぞれが、アラスカとアフリカで生まれるかもしれないのだ。でも、そのタイミングまでずれてしまったら、希望は全くなくなってしまう。篠田夫妻のようなオシドリ夫婦の場合、『縁』という測定不能な霊的引力が働くので、どんなに離れていても出会ってしまうことが多いのだとか。だからこそ、いっしょに生まれ変わるのが重要になってくる。

「でも、仕方ないんです」

ツエ子さんが細い声でいってうなだれるので、ホタルは「仕方なくない！」と大きな声を出してしまった。

「ちょっと、いっしょに来てください！」

干し椎茸を買うのも忘れて、ホタルはツエ子さんの手を取ると、大変な勢いで家に帰った。ツエ子さんは高齢なわりにはホタルの速足に後れをとらなかったけれど、すれ違う人たちは振り返って二度見した。セカ小の運動会は終わったばかりなのに、この小学生は曾《ひい》おばあさんと二人三脚の練習でもしているのか？

「ちょっと、おじいちゃん！」

気が急《せ》いて、店の引き戸を開けたと同時に、渾身《こんしん》の声で呼ばわった。

商品を並べた棚の奥、茶の間と店を隔てるダイヤ硝子の障子が自動ドアみたいに開いて、祖父がとぼけた顔を出した。怨敵市役所建設課にはともかく、孫に対しては好々爺《こうこうや》であることがポリシーなのに、こんなに怒った声を出されてびっくりしている。

「ホ――ホタル。おじいちゃんが、な――何かしたか？」

「おじいちゃんが悪いんじゃないの。だから、ちょっと聞いてよ――」

ホタルは、ツエ子さんから聞いた話を祖父に伝えた。ホタルの怒りの脚色が混ざるたびに、ツエ子さんは遠慮がちに訂正する。年をとっても、公平な女性なのである。

ともあれ、篠田夫妻が突然に直面することになった事態について、祖父はホタル以上に憤慨した。篠田さんに発行された転生辞令について、閻魔庁のミスにちがいないと独り言をいって、茶の間の黒電話のダイヤルを回しだす。

「あの――あの――」

ツエ子さんはおろおろし、台所から出て来た母が、ホタルに向かって手のひらを差し出した。

「干し椎茸は？」

「あ。忘れた」

「じゃあ、シュウマイに干し椎茸入らなくてもよろしいかね？」

「だめ、買ってくる！」

干し椎茸を買ってダッシュで帰ると、驚いたことに茶の間には篠田栄一さんと、閻魔庁の北村さんが来ていた。篠田夫妻が並んで座り、祖父はさっきの勢いはどこへやら、神妙な顔をして、大きな湯飲みでほうじ茶を飲んでいる。

「大事なことですから、もう一度いいますが――」

髪型も背広も態度も、サラリーマンのひな形のようなスタイルの北村さんは、咳払いをして背筋をのばした。

「篠田栄一氏は、規定違反により厳重注意処分となったのです。それにより、軍人特例で夫人とともに転生する権利もはく奪されました。したがって、ただちに転生の処置がとられることになったわけです」

「全っ然、意味わかんないです！」

干し椎茸を片手に、障子の前で仁王立ちしたホタルは、目を怒らせる。祖父と篠田夫妻は「これこれ」とか「落ち着いて」とかいってホタルをたしなめ、母はホタルの手から干し椎茸とお釣りを取り上げると「早く水でもどさなくちゃ」といった。

肝心の北村さんは、ホタルに睨《にら》まれても平然としている。この人は、どんな場面でも決して心を動かすことがない。それがわかっているので、よけいにホタルは気が立った。

「先日、こちらの篠田氏は市役所建設課の職員を脅かし、祟りました」

「篠田さんが、そんなことするわけないじゃん！」

と、高い声を出したそばから、ホタルは「あっ……」といって、口に片手を当てた。

確かに、篠田氏は市役所の亀井さんを脅かした。でも、それは故意ではなかった。めぐり合わせが悪かったのだ。ギャラリー他山の前で、立ち退き反対運動のビラを破られて腹を立てていた祖父たちのところに、飛んで火に入る夏の虫みたいなタイミングで、亀井さんがやって来た。

亀井さんは商店街のおじさんたちにやいのやいのいわれて、その場にとどまる。ちょうどそのときに、犬も歩けば棒に当たるといったタイミングで、画廊の『一本道』の絵の中から篠田さんが現れたのである。

亀井さんは驚き、そのあまりの驚きぶりに篠田さんも驚き、きびすを返して『一本道』の中に逃げ帰った。絵から出て来た人が、ふたたび絵に戻ったのだから、怪奇現象のダメ押しである。で、恐怖に耐えられなくなった亀井さんが気絶した――というところまでは、ホタルも目撃していた。

「でも、祟ってないもん。あれは、運が悪かったというか、無可抗力です」

「それをいうなら、不可抗力」

北村さんは、冷たくいう。

「不可抗力も含めて、この地域において生者《せいじゃ》を脅かす行為は固く禁じられています。ましてや、軍人特例を受けている身で、不注意は許されません。亀井氏は、あの事件の後で病気休暇を取得しています。篠田氏の不用意な行動により、あの青年は再起不能の病気となり、現在は入院しているんです。篠田栄一氏の行いは、霊障審査委員会にて全会一致で祟りだと認定されました」

淡々と告げる北村さんの言葉は、決してなおざりに聞き流してよいものではないのに、強弱がなくあんまり事務的なので、小学生の脳は自動的にシャッターを降ろしたような状態になる。がんばって聞いても「なんだか、すごい」としか感じられなくなる。

「怨霊でもないのに、生者に祟るのは違法です。もちろん、怨霊は存在そのものの是正が必要となります。ともあれ、法律に違反した篠田氏には、これから七回にわたって細胞性粘菌に生まれ変わっていただくこととなります」

「年金？　国民年金？」と、祖父。

「粘菌でしょ」と、ホタル。

「粘菌なんてひどい！」ツエ子さんが、悲痛な声をあげた。

「今年四月の黄泉法改定により、一律に決められたことです」

「そんなの知らない！」

ホタルはわれに返り、祖父やツエ子さんも声をそろえて抗議した。しかし、北村さんは歯牙《しが》にもかけない。

「あなた方の無知さについて、当局は責任を負いません」

「そりゃ、そうだ」

祖父が一変してそんなことをつぶやくので、ホタルは「おじいちゃん！」と、怖い声を出した。

北村さんは相変わらず落ち着き払って、篠田栄一さんに向かって「行きましょうか」といっている。

北村さんに旦那さんを連れて行かれて、ツエ子さんはとぼとぼと後ろをついて行った。ホタルだって、このまま家に居て夕食を待っているなんてできるわけがない。祖父と連れだって、ギャラリー他山に押し掛けた。先に出た北村さんと篠田夫妻は、もう『一本道』の前に立っている。

「あの――まさか――」

「はい。篠田氏の『一本道』の通行は、これが最後となります」

「そんな――駄目だよ！」

ホタルは躍起になったけど、取り合ってもらえなかった。

「駄目といわれても、駄目なものは駄目なんですよ」

北村さんは、無味乾燥な態度で篠田さんの背中を押す。七十六年も一緒に居た夫婦の最後の別れなのに、なんて冷血漢なんだとホタルはプリプリするが、怒ったところで北村さんは全く相手にしてくれない。

篠田夫妻は、お互いを見つめて何もいえずに居た。

「ぐずぐずしないで」

北村さんに促され、篠田さんは絵の中に一歩、足を入れた。

「じゃあ」

旦那さんに笑いかけられても、ツエ子さんは何もいえなかった。篠田さんは仕方なく、ゆっくり背中を向ける。その背中に向かって、ツエ子さんが追いすがるようにいった。

「あの――ありがとう。良い人生でした」

「うん」

篠田さんは振り返って、にっこりと笑った。その瞬間の篠田さんはとても美男子で、ホタルは七十六年前に戦地に向かうときも、この人はツエ子さんに同じ笑顔を見せたのだと、何となくわかった。

「こちらこそ」

そういって、篠田さんは油絵に描かれた舗装されていない田舎道を、一人でとぼとぼと歩いて行った。遠近法のとおりに、その姿は小さくなって消えた。

＊

パン屋のうらの児童公園で、ツエ子さんと並んでブランコに乗った。この公園の遊具はオンボロなので、普段ならセカ小の子どもたちは見向きもしない。だけど、なぜか今日はここに来たかった。

ツエ子さんはブランコに乗るのは八十年ぶりだといって、少し笑った。冗談だろうと聞き返したが、本当らしい。「だって、今年で九十三歳ですもの」といった。

「あの人と結婚したのは、戦争が終わるほんの少し前だったの。それまで、お互いに会ったこともなかったんだから」

「まさか」

「昔は、そういうことも珍しくなかったのよ。あの人は特攻隊員で、そろそろ突入も近いというので、結婚もしないままに死んでしまうのが可哀相だからと、周囲の人たちが世話を焼いて、それで嫁をもらうことになったの」

お相手が、当時十七歳だったツエ子さんだった。

「結婚式の翌日には、あの人は基地にもどってしまいましたからね。それから間もなく出撃して、それっきりです」

「……旦那さんも気の毒だけど。死んじゃうってわかっているのに、お嫁さんをもらうかな。残される方の身にもなって欲しいよ」

ホタルはツエ子さんのために、憤慨している。篠田さんも、世話焼きの大人たちも、ちょっとひどいのではないか。

「そんな時代だったもの」

ツエ子さんは、理不尽な運命をたった一言で片づけた。

「同じようにして夫を亡くした若い女の人は大勢居たのよ。でも、当時はね、再婚するなんて許さないような空気がありましてね。わたしの場合は、あの人とここで会えましたから、七十六年も寂しくなく過ごせたの。でも、わたしだけ年を取るというのは、いいものじゃなかったわね。あの人が夫なんだか、息子なんだか、孫なんだか、自分の中で混乱していたものだわ。でも、ともすれば出会った十七歳のときの気持ちを思い出して――それはとても悲しいんだけど――確かに、わたしはこの人に恋をしたのだなあと、くすぐったい気分にもなったのね。そんなときは、胸が躍ったわ」

そこまでいって、ツエ子さんの表情が厳しくなった。

「亡くなったあの人とここで会ってしまったせいで、結果的に独り身で居ることになったのかもしれない。あの人が亡くなったときは、わたしは若かったし、いくら再婚を阻《はば》む圧力があったとしても、やり直す時間はあったはずなの。でも、そんな気持ちにはならなかったのよ」

「あの」

ツエ子さんの話はホタルには難しすぎて、どんな顔をしていいのかわからない。

「なんか——ともかく——今日のことは、何といっていいか」

「いくら夫婦でも、生まれ変わった後まで一緒に居ようなんて、虫が良すぎたのかもしれないわね。だから、これでいいんです」

ツエ子さんは、にっこりした。急に年相応のおばあさんらしく見えた。

第七章　強敵登場

篠田さんの一件で、祖父はすっかり気落ちしてしまった。祖父や立ち退き反対派のおじさんたちに悪気があったり、直接に篠田さんを陥れたわけではないものの、あそこに亀井さんが居合わせたのは、祖父たちが原因でもある。

以来、何をするのも気がそぞろな祖父は、掛けている眼鏡を探したり、トイレの水の中にトイレットペーパーを丸ごと落としてみたりと、まったく冴《さ》えないことばかりしている。まさえさんとも何かとすれ違い、とどめにはツエ子さんの入院の報《しら》せを聞いて本当にがっくりと肩を落とした。

「おれのせいで、ツエ子さんは生きる希望をなくしてしまったんだ」

自分こそ生きる希望をなくしたみたいな顔色で、祖父は嘆いた。

「ツエ子さんも九十三歳だしさ。それに、今亡くなったら、ひょっとして篠田さんと一緒に生まれ変われるかもよ」

なぐさめるつもりでいった言葉も、祖父には打撃となった。

「……夫婦一緒に粘菌に生まれ変わるなんて……」

「あ、そうだった、次は粘菌だったっけ」

ホタルはほっぺたを掻く。

（困ったなあ）

何をいっても泥沼に泥をそそぐだけのような気がして、いっそ逃げてしまおうかと後ずさっていたとき、店の戸が勢いよく開いた。

「将さん、将さん、将さん」

祖父の名前を連呼しながら現れたのは、米屋の小島《こじま》さんだった。立ち退き反対派の同志で、先日の篠田さん事件のときも一緒に居た人だ。その小島さんが、回覧板をこちらに突き出して見せた。

「亀井の後任が決まったんだ。あさって、おれたちにも招集がかかってるぞ」

「後任？　そんなヤツが現れたのか？　だれだ、そいつは」

祖父は敵の動きを知って、さっと顔色を変えた。

新しい担当は、課長代理の石山桜子という人だという。

（イシヤマサクラコ？　どこかで聞いたような？）

ホタルが首を傾げていると、祖父は靴脱ぎの上のサンダルに足を通している。

「まさえさんにも、知らせてくる」

このところ会えていなかったので、訪ねて行く口実を見付けたら、居ても立ってもいられなくなった様子だ。気心の知れた小島さんは、やれやれといったふうに苦笑いをした。

ホタルは、このところの祖父の駄目っぷりを知っているから、思わぬドジを心配して、慌てて後を追った。一時的に生気を取り戻したとはいえ、憧れのまさえさんの前で頓馬《とんま》なことをやらかしたら、フォローのひとつもしてあげなければならない。

ところが、駆けて行った先のまさえさんは、なんだかいろいろ変わっていた。おしゃれでなくなっていた。人生に疲れ気味の、平凡なおばあさんという感じだ。当然、祖父がそれに気づかないはずもなく、一瞬だけ気を吞まれたが、それでも敢《あ》えてスルーしようとした。

「実は、市役所の立ち退き担当が代わって――」

皆までいいおえる前に、まさえさんは充血した目をこちらに向けた。

「わたし、あの土地を手放そうと思うの」

「あの、土地って?」

祖父がおっかなびっくりに訊く。ホタルも声に出さず、同じ問いを胸中に発している。

「ギャラリー他山の土地よ」

祖父とホタルはそろって悲鳴を上げた。

「敵に寝返るのか」

祖父の顔つきが変わった。かつてまさえさんに対して向けたことのない、厳しい表情になった。まるで、亀井さんと話しているときみたいな顔だ。これはマズイと思ったホタルは、とっさに割って入る。

「まさえさん、何があったの？」

「だって、遠山さんが店を移転したいっていうんだもの」

「どこに？」

「ムーンサイドモールに」

ムーンサイドモールは、市道拡張工事のために立ち退いた店の受け皿となっている。

「だって、ギャラリー他山は――」

祖父は絶句してしまった。

ギャラリー他山の『一本道』がなくなれば——あの世への通路であるあの油絵がなくなれば、もはや立ち退き反対派が頑張る理由はなくなってしまう。

ギャラリー他山は、画廊として繁盛しているわけではない。それでも経営してこられたのは、『一本道』に支払われる閻魔庁からの助成金のおかげだ。

「これからはムーンサイドモールが境界エリアになるのよ」

「そ——そんなこと、閻魔庁が許すはずがないぞ」

祖父は笑おうとしたが失敗して、ほっぺたが引きつる。

「もう決まったことなの。決定事項なのよ」

それは、閻魔庁の決定事項ということか？　そうだといわれたらショックが過ぎるので、祖父もホタルも怖くて訊けない。

そんな二人から、まささんは目を逸《そ》らした。

「それに、市役所の新しい担当が、わたしの姪《めい》なのよ。あの子の立場を考えると、伯母としてこれ以上、立ち退きの反対なんてできないわ」

商店街の人たちを回覧板だけで急に呼び出そうとしている、強引で感じのよくない人がまささんの親戚とは、寝耳に水である。そう思ったとき、ホタルは急に思い出した。

（石山桜子――聞いたことあると思っていたら）

田辺がアカリさん問題を解決してもらいたがっていた凄腕《すごうで》の霊能力者にして、セカ小伝説の卒業生の名前が、石山桜子といった。確かに、田辺はその人がまさえさんの親戚だともいっていた。

（田辺を助けてもらうどころの話じゃなくなったよ）

小学生のころから評判だった霊能力の持ち主が、敵に回ったことになる。そう思って気持ちを暗くさせるホタルに、まさえさんの言葉が追い打ちをかけた。

「桜子は恐ろしい子よ。逆らったりしたら、駄目なの」

駄目なの――とは、なんとも漠然としたいい方だ。逆らえば駄目だから、まさえさんは態度を変えたのか。商店会会長で立ち退き反対派のリーダーだったまさえさんが、戦線離脱するほど、石山桜子という人は恐ろしい相手なのか。

（だって、伝説の卒業生だし――）

まさえさんは、それ以上は何もいってくれなかった。

＊

石山桜子課長代理による説明会には、ホタルも付いていった。場所は商店街より一つ西のとおりにある『瀬界町民会館』だ。さすがに中学生の姿はないものの、いつも小学生から赤ちゃんまで、両親や祖父母に連れられて来ている。

ところが、今日は葬式みたいな黒いスーツの男たちが通せんぼをして、ホタルたちを締め出した。あの真夜中に黒いジャージを着てホタルを尾行して来た怪しげな男たち——宵宮のとき出門というケサランパサラン爺のバックダンサーみたいにして後ろを固めていた怪しげな男たち——と、同じ男たちらしい。

祖父の知り合いだけど、態度が悪かったケサランパサラン爺。

怪しげな男たちは、そのケサランパサラン爺の関係者のようだ。

その連中が、子どもたちにいやがらせをするのは、どうした理由なのか。

ケサランパサラン爺が、子どもたち——ことによると子どもたちの保護者に対して悪気がある、ということか。

ほかにも締め出された子どもたちが居て、ホタルは彼らといっしょに瀬界町民会館の周辺で、つれづれに軒下の苔《こけ》などほじくっていたのだが、出し抜けにすっくと立ちあがった。黒服の男たちの姿が見えなくなったので、中に忍び込むことにしたのである。駄目といわれればやってみたくなるのが、人情というものなのだ。——ほかの子たちは、苔はがしに熱中しているが。

会場は二十畳くらいのリノリウム張りの会議室で、横長の机が二列に並べられて、祖父たちはいつもどおりパイプ椅子に座っている。市役所の人はまだだれも来ていなかったので、ホタルは教卓そっくりの演台の下にもぐり込んだ。その一部始終は祖父《ふ》たちに見られていたが、集まったのは立ち退き反対派ばかりだったから、ホタルの不埒《らち》な行動は無邪気な小学生のいたずらとして不問にふされた。

五分ほどして、スリッパの底をべたべた鳴らして、石山桜子が登場した。

追い出しを食らって反抗的になっているホタルには、スリッパの音からして威圧的に聞こえた。そのべたべたした音が近付いて来て演台の前に立つと、ホタルの視界は二本の網タイツの脚にふさがれる。同時に、強烈な香水のかおりが降ってきた。

（たまらん）

鼻をつまんで見上げると、長い黒髪をソバージュにして、体形がぴっちりとわかる鮮やかな緑色のスーツを着た、厚化粧の中年女性が見えた。芸能人や国会議員並みの存在感がある。ホタルは、芸能人にも国会議員にも会ったことがないけど。

（なんか、すごい人）

彫りの深い顔立ちは、どこかねぶた祭の山車《だし》を連想させた。しかし確かに美人であった。小学生らしい言葉でいうなら、すごく派手で偉そうなおばさん、といった感じだ。

「お渡ししたプリントに、皆さんの立ち退きスケジュールが書いてあります」

開口一番、石山女史はそういった。ざわつく聞き手たちに向かって、女史は低く迫力のある声でいい放った。

「この件に関しては、以前から充分な準備期間を与えていたはずです」

「ここに居る全員、立ち退くなんて承知した覚えはないぞ」

祖父が怖い声でいう。

しかし、石山女史は少しも怯《ひる》まなかった。

「あなた方が承知していないことなど、われわれは一切関知してはおりません。笑止、論外、問題外！」

女史は一変して、甲高《かんだか》く一喝する。ものすごく感じが悪かった。亀井さんが可愛い仔猫《こねこ》だとしたら、この人はコモドドラゴンだ。ジャポニカ学習帳の表紙に載せてもらえばいいんだと、ホタルは思った。

もちろん、憤慨したのはホタルだけではない。

「あんたらは知らないだろうが、ここはただの商店街じゃないんだぞ。たかが、市道の拡張なんてみっちいことのために、市役所に大きな口を利かれたら困るんだよ！」

「閻魔庁が黙っていないぞ！」

などと、商店街の面々も大概感じ悪く大声でいった。

だが、しかし、石山女史はやはりほんの少しも怯まない。

「笑止、論外、問題外！」

きんきん声が、学校のチャイムみたいに響きわたる。おじさんたちは、言葉につまった。この人は、たった一人で商店街の猛者《もさ》たちを圧倒している。

「世界のヘソ商店街が特別扱いされる元凶は――ここを、境界エリアならしめているのは、ギャラリー他山の『一本道』という下手な絵だということはわかっています。そのギャラリー他山は、既にムーンサイドモールへの移転が決まったのです。すべて、閻魔庁の意向のもとに！」

石山女史は効果的な間を置いた。次に発した声には、楽しささえ混じっている。

「いいですか、皆さん。世界のヘソ商店街は、その役目を終えたのです」

一同は激しく動揺して、ざわめいた。それでも、気丈にヤジを飛ばす人も居る。

「お黙りなさい！　これ以上逆らったら、わたしではなく閻魔庁からの処分があると思いなさい！」

そこで、石山女史の声色ががらりと変わる。それでこの人は、本気で激昂《げきこう》しているのではなく、すべて計算ずくの話術だというのがわかった。

「さて、ムーンサイドモールの出門社長がじきじきに、店子《たなこ》となるあなた方にご挨拶に来てくださいました」

石山女史のいい方は、いちいち癇《かん》に障る。そして、まんべんなくパーマを当てた髪の毛をぶるんとゆすったので、香水の匂いが噴水のように放射された。

ホタルはくしゃみをしそうになって、両手で鼻と口をふさぐ。

あやういところで息を止めたら、視界をふさいでいた二本の脚が離れた。ほっと一息ついたと思った矢先、今度は強烈な樟脳《しょうのう》臭が襲いかかる。

(な……なに……?)

すぐさま目の前に現れたのは、男性用の着物の裾《すそ》だった。隙間から、ホタルよりも細いすねがのぞく。もう梅雨どきだというのに、新しく来た人物――ムーンサイドモールの出門社長とやらは、股引《ももひき》をはいていた。

(ん？　……出門？　これもどこかで聞いたよ)

見上げた頭上に居たのは、あのケサランパサラン爺だった。なるほど、外に爺の取り巻きの黒服たちが居たのは、ボスキャラが来ていたからなのだ。

ホタルがそう了解したと同時に、聞き手の席から能天気な声があがる。

「おお、やっぱり出門だ。よう、久しぶりじゃないか。おれだよ、おれ、保科、保科」

祖父である。「おじいちゃん、空気を読みなさいよ」と、ホタルははらはらした。でも、宵宮のときにすでに、このケサランパサラン爺の敵意は露呈しているではないか。でも、昔の知り合いらしいので、高齢の祖父は、イメージがなかなか更新されないのかもしれない。

案の定、ケサランパサランの出門氏は、ひどく不機嫌そうな「ぐううう」という唸《うな》り声を出した。それは、威嚇するライオンを思わせた。気の短そうなこの老人が今にも感情を爆発させようとしたときである。

にわかに、再び香水のにおいが降り注いだ。

ケサランパサラン爺は続けざまに大きなくしゃみをして、ホタルはこちらを覗《のぞ》き込《こ》むアイラインに隈《くま》取られた鋭い二つの目と視線が合った。

香水の主――石山女史だ。

「侵入者よ！　つまみ出しなさい！」

隈取りされた目が見開かれ、かっと開いた口の中が真っ黒に見えた。

（つまみ出しなさいって――なんだか失礼だな）

憤慨したホタルだが、あの黒服の男たちが荒々しい足音とともに現れて、文字通りつまみ出されてしまった。祖父がホタルを案じて悲鳴を上げた。ケサランパサラン爺は、もう一度、不機嫌に唸った。

＊

「――ってことがあったのよ」

何日か後で田辺の家を訪れたホタルは、あのゴージャスな勉強部屋でイチゴショートを食べながらぼやいた。

「だから、石山桜子って人には頼れそうもないんだよね。なんか、ごめん」

「そういうことなら、仕方ないよ」

田辺は小さなフォークで生クリームをつついている。

「でも、なんだか強烈な人だね」

「霊能力者っていうより、黒魔女って感じだよ。それよりも、びっくりなのは、ムーンサイドモールの社長なんだよね。こっちも充分に強烈だったしさ。なんかケサランパサランみたいなの」

「ケサランパサランって何？」

あの後で祖父に尋ねたら、ムーンサイドモールの出門社長は、祖父とまさえさんの幼なじみだということだ。三人ともセカ小に通っていて、よく一緒に遊んだ。でも、いつの間にか疎遠になってしまったという。連絡も取れなくなって、幾星霜《いくせいそう》……。

出門氏は今では地元財界の第一人者で、ムーンサイドモールの経営のほかにも、不動産会社も経営し、商工会議所においても重鎮で、今回の市道拡張工事でもデベロッパーというか、いいだしっぺみたいな役割を演じているらしい。

「それって、きみのおじいさんの敵ってことだよね」

「そうなの。だから、あたしたちに対して、めっちゃ感じ悪いの」

ホタルは口をとがらせた。

「お金と権力を使って、商店街をつぶしにかかっているみたい」

「それって、いじめじゃないか」

田辺はまだおしりが青いイチゴを、ガリゴリとかじった。

第八章　ギャラリー他山の怪異

七月になってから、雨の日が続いている。

どこか雨の気を含んだ梅雨の風が、実はホタルはきらいではない。これから夏が来るというワクワクした気持ちと、うっそりと暗い物語の中に居るようなドラマチックさが良い。艶《つや》めいた色で揺れる八つ手の葉っぱや、まだ咲くには早いけど、ぐんぐんと上に向かって伸びている朝顔のツルがたくましい。

だけど、ホタルは体育座りで、さっきからろくに身動きもせず頰杖《ほおづえ》をついていた。

無精して去年から出しっぱなしの風鈴が、縁側の軒先で鳴っている。聞き慣れている音を、ちょっとうるさいと感じてしまうのは、気持ちがささくれているせいかもしれない。

まさえさんが立ち退き反対派から離脱し、旧友の出門社長が敵として登場したことで、祖父はますますヘコんでいる。

昨日は、心配して様子を見に来た米屋の小島さんが、祖父を元気づけようとして逆に暗いニュースばかり話すのだ。手芸屋も寝返ったとか、惣菜屋が売り上げ不振で廃業するとか。それればかりか、自分もムーンサイドモールへの出店を検討中だのといい出すものだから、祖父はいつもの短気を爆発させる元気までなくしてしまった。

「モールに米屋は難しいだろうから、おにぎり専門店なんかどうかなって思っていてさ。だって、駅ビルのおにぎり屋が、いつも混んでるだろう。この際だし、いいチャンスだと思うんだよね」

新しいビジネスの展望を語って、小島さんは上機嫌で帰って行く。祖父は、ため息をつくばかりだ。

「このままボケ始めたら、困るわよ」

「でも、弱気になっている今なら、立ち退きをオッケーするんじゃないかな？」

父と母は、そんなことをいっている。ホタルの両親は、立ち退き料で、高気密高断熱なピカピカの新居を建てることを目論《もくろ》んでいる。

祖父が弱っている間も、商店街では以前から噂のあった女の幽霊——アカリさんの被害が出ていた。それで、皆、震え上がっている。かえすがえすも、日本人の大人の平均より、世界のヘソ商店街周辺の人たちは怖がりが多いのである。

被害者の一人が、伊藤《いとう》煎餅店のおかみさんだ。アカリさんを見て驚いて逃げようとしたおかみさんは、転んで足の骨を折ってしまった。アカリさんはおかみさんの入院している病棟にまで出現したというから、念が入っている。

おかみさんは「こんな病院に居られない」と無理をいって翌日に退院し、しかしアカリさんは煎餅店にまで追いかけて来たので、とうとう実家に帰ってしまった。伊藤のおじさんは、家にもどるよう説得のためおかみさんの実家に日参しているせいで、煎餅店は毎日時短営業だ。

でも、よくよく話を聞けば、アカリさんは姿を見せること以外は何もしていない。それでも、伊藤さんによると、しきりと話しかけようとしているらしい。話そうとして、ためらって、そのためらう様子がますます不気味だという。

そんな幽霊騒ぎは、着実に立ち退きを加速させていた。にわかに、クリーニング屋、雑貨屋、ケーキ屋が移転を決めた。こうしてまた、ホタルの祖父は落ち込むのである。

タコ増が閉店してしまったせいで、ホタルは駄菓子も商う茶舗・角屋《かどや》で、アイスを買った。お茶を買いに来た近所のお客が、「ここはいつまで?」なんて訊いている。

「いつまでって……。うちは、当分頑張りますよ」

角屋のおじさんは、びっくりした後で苦笑いして答えた。

お客は、気の毒そうな顔をしている。

「だけど、相手はお役所だもの。公共の利益のためとかいって、立ち退きを強制執行されちゃうんでしょ？」

「そ——そんなこと、ないだろうさ」

角屋のおじさんの顔が引きつり出す。

「こちらも、本当はとっくに立ち退くつもりなんでしょ？　どうせならゴネ得とかいって、立ち退き料の引き上げを考えているんでしょ？」

お客は無邪気な顔でひどいことをいった。うわさ話の受け売りらしく悪気はなさそうなのだが、角屋のおじさんはすっかり怒ってしまった。

「そんなことは、考えたこともないよ！」

「まぁた、またぁ」

お客は悪びれずに帰って行き、アイスを持って唖然と見つめるホタルを見て、おじさんは心もとない作り笑いをした。

「そんなこと、ないんだからね」

似たような頼りない作り笑顔を返して、ホタルはとぼとぼと角屋を出た。

（強制執行か……）

テレビなんかで聞く「伝家の宝刀」とかいうのは、こういうことをいうのだろう。または「奥の手」、または「切り札《ふだ》」、または「最終兵器」――。

面白くないことをぶつぶつ考えながら歩いていたら、ギャラリー他山から、あの怪しい黒服集団がぞろぞろと出て来るのが見えた。店主の遠山さんが、とても愛想よくぺこぺことお辞儀をしながら見送っている。

ホタルがその様子を子どもらしい曇りのないまっすぐな目で見つめていると、遠山さんはきまり悪そうにもじもじした。

「あれ、ホタルちゃんじゃないか。こんにちは。おじいさんは、元気かな？」

ホタルは案外に老成してもいるので「棒読みですよ」などと指摘はしないで「はい、まあ」と大人の返事をした。

「今の人たちは？」

知っているけど、訊いてみた。

「出門先生の書生さんたちだよ。書生というのは、つまり、弟子と見習いの中間みたいな若い人のことで――」

憶測と推理ではなく、ほかの人の口から黒服たちの身分を聞いたのは、これが最初である。結果としては、聞くまでもなかったが。

「で、ケサランパサラン爺は、どうしてここに手下をよこしたの？」

「ケサランパサラン爺って──。手下って──」

意味が通じたようで、遠山さんは曖昧に笑った。

「移転先のことについて、打ち合わせをしていたんだ」

「そっか」

ホタルは画廊の中に入り、店内を見渡した。

閉店の準備のため、絵は片付けられてしまっていた。がらんどうの空間に、『一本道』だけが置かれている。引っ越すまで、この絵を使う人たちが居るからだ。

「でも、どうして移転しちゃうわけ？」

「それは、時代の流れってもんだよ。市道工事には逆らえないだろう」

「だけど、残るって頑張っている人も居るじゃん。ここって商店街でも一番大事な店なのにさ、遠山さんはおじいちゃんたちを見捨てるの？」

そんな真正直な意見を、まっすぐにいわれたのは初めてだったのだろう。たいていは「出て行くな」とか「裏切者《うらぎりもの》」とか、喧嘩腰《けんかごし》の話になっていたはずだ。だから、遠山さんは、かえって困った顔をした。そして、気持ちを決めたみたいに、一つ大きくうなずいた。

「実はね――ここに幽霊が出るんだ。幽霊が、自分を見付けてくれというんだ」

「アカリさん伝説のアカリさん？」

「そうだよ、そのそれだよ」

名前を呼ぶのも怖いというように、遠山さんはイヤそうにまたうなずいた。

「そのそれに頼まれるって、すごくヤバイじゃない？　そうなったら、引っ越すしか助かる方法はないっていうじゃない？」

「うう……」

ホタルはショックを受けた。

確かに幽霊騒ぎは立ち退きに拍車をかけているが、遠山さんまでがそれが理由で移転を決めたというのが、今さらながら衝撃だ。怪談では、「アカリさん」から逃げ切るには引っ越ししか方法はないといわれているものの、商売をしている大人までが真に受けて店を移転するものだろうか。でも、真に受けるほどパワフルな怪談だとしたら――。

（なんだか、アカリさんが市役所の味方をしているみたいじゃないか）

そう思ったら、あの強烈な石山女史と感じの悪いケサランパサラン爺、そして不気味だけど可哀相な感じのアカリさんの顔が、オンライン会議の画面みたいに、頭の中に並んだ。

「アカリさんって、幽霊というよりは怨霊なんだってさ」

「よけいに、怖いよ」

「でも、遠山さんさ、ひょっとしたら、怨霊のせいにしたらいいと思ってない？　さっきのショセイたちにそう入れ知恵されたんじゃない？」

「じょ――冗談じゃない。小学生のくせに、そんなに疑《うたぐ》り深《ぶか》いのは感心しないよ。だいたい、あんなことが起こって、平気でここに居続けられるはずがない」

「あんなこと？」

「だから、幽霊が――怨霊が――アカリ、さんってのが、ここに出るんだよ」

リモコンの操作をしていないのに、テレビの電源が入って、その画面から「わたしを見付けて」という声がする。電話がかかってきて、やはり同じ声で「わたしを見付けて」といわれて、通話が切れる。そのときの番号表示は非通知ではないのに、後で確認すると通話記録すら消えている。

「それに……」

「それに？」

無人の店内を動き回る足音がする――『一本道』から来る人たちは、そういう不気味なことは絶対にしない。なにせ、生者を怖がらせてはいけないという決まりがあるし。

「そして……」

「そして？」

遠山さんは一人暮らしなのに、この自宅兼店舗のいたるところに、長い髪の毛が落ちている――これは、ホタルも家の風呂場で体験したことだ。

「ダイオンリョウだもんなあ」

怖い存在だから、居るだけで怖いというのは理にかなっている。

「大怨霊って、な――なんなんだ？」

「こじらせすぎた怨霊は、大怨霊になるんだって。怨霊より格上って感じ？」

「ともかく――今のままじゃ、商売が続けられないんだ」

「てことは、大怨霊問題が解決したら、ここに残ってくれる？」

「え？　うーん。まあ。そうだな……考えてみてもいいかな」

「よっしゃあ！」

ホタルはガッツポーズをした後で、遠山さんの手を握った。

「男に二言はないよね」

「いや……考えてみるといっただけで……」

遠山さんは、すごく迷惑そうだ。

＊

ホタルは本田電気店に駆け込むと、ギャラリー他山でのことを正確に告げた。

本田電気店の若旦那は、祖父の同志——つまり立ち退き反対派で、商店会の活動にも熱心な人だ。小太りで丸顔でちょっと若禿《わかは》げだけど、なかなか精悍《せいかん》な感じで、働き者で世話好きで、とても頼りになる。だから、祖父はこの本田の若旦那をいつも褒めている。したがって、若旦那と祖父とホタルは仲が良いのだ。

「任せておけ」

本田の若旦那は忍者のように機敏に動き、機械をかき集めて段ボール箱に詰めた。店のロゴが入ったライトバンの荷台にそれを積むと、助手席にホタルを乗せて走り出した。

喫茶パリスの駐車場にライトバンを停《と》めさせてもらい、本田の若旦那とホタルはパリスの筋向いにあるギャラリー他山へと乗り込む。

遠山さんは商店街のホープである本田の若旦那の登場にあからさまな警戒感を顔に出し、若旦那はそれを気にかけることなく、持参した機械を画廊の店内に設置し始めた。

「何をしているんだ――。それは、なんなんだ――。勝手なことしないでくれ――」

遠山さんは困ったり、威嚇したりして邪魔をしにかかる。ホタルはバスケットボールのディフェンスみたいな恰好で、遠山さんを牽制した。

「これは監視カメラだよ。ダイオンリョウの証拠映像を撮るの」

「そんな、怖い……。いや、わたしのプライバシーが……」

「貸出し料は、特別にサービスしときますよ」

本田の若旦那は、遠山さんの主張を無視して恩に着せた。

カメラの設置が終わると、若旦那は勝手に外して壊したら弁償だからと、遠山さんを脅してから帰って行った。ひとの店に断りもなしにカメラなんか取りつけて、外したら駄目なんて脅す方が理不尽だ。

遠山さんはあまりのことに言葉を失い、ホタルもそれをいいことにギャラリー他山を後にした。

つぎに向かったのは狗山神社で、境内では今日も赤井局長が神主の装束で掃き掃除をしていた。本田の若旦那に話したのと同じく、ギャラリー他山の怪現象について赤井局長に説明する。

赤井局長は、大きな顔を片手で支えて耳を傾けていた。話し終えたホタルを見て、難しい表情になる。

「遠山さんは、大怨霊の件が片付いても、引っ越すんじゃないかなあ」

「やっぱり、そうか」

ホタルも眉根を寄せる。そして、さっき思いついたことをいってみた。

「ダイオンリョウが、市役所の味方しているように思えるんだけど」

「まあ、それが原因で立ち退く人が出ているのだから、一概には否定できない」

赤井局長はニュースに出てくるえらい先生のようないい方をした。それから「簡単に決めつけるのは、危険だけど」と付け足す。

「ともかく、遠山さんとは約束したもん。ダイオンリョウの件が解決したら、出ていかないって。そういうわけだから、手をこまねいているわけにはいかないの」

「ホタルちゃんは、えらいよなあ。大人なんかさ、問題の先送りとか、見て見ぬふりとかしちゃうのに。うちなんかも、いろいろあるわけなんだけどさ――」

赤井局長はぼやいたけど、この上さらに別な身の上相談なんか聞く気がないから、ホタルは強引に話題をもどした。

「ええと――ええと。だれにも知られずに亡くなって、供養もしてもらえていない人が、大怨霊になるんだよね。つまり、アカリさんがどこで亡くなっているのか、見つけてあげたらいいわけでしょ」

「簡単にいうなあ」

赤井局長は困ったように笑う。

「だけど、ダイオンリョウは――アカリさんは、どうしてここに来るの？　ひょっとして、商店街に関係ある人なのかな」

そうだとしたら、捜しやすい。ホタルは自分のひらめきが嬉しくなったけど、赤井局長はやっぱり困ったような顔をした。

「ホタルちゃん、ここは世界のヘソ商店街なんだよ。この世とあの世の境目だから、亡くなった人は、自然に足が向くんだ。だけど、そのアカリさんはここから先には進めない。それは、本人にしてみたら、とても悲しくていたたまれないことなんだ」

「ふうん」

ホタルは赤井局長が、どうしてそんなに深刻な顔をするのかわからなかった。大人というのは、何でも難しく考えすぎると思う。

「やっぱ、アカリさんの本体を捜し出せば、本人もハッピーになれるわけだね。最高じゃん」

「あのねえ。ホタルちゃんは、何でも簡単に考えすぎだよ」

赤井局長に怒られてしまった。

第九章　呪いの人形

終業のベルが鳴ると、欠席した掃除当番の代わりを頼まれたが「ごめーん」と叫んで教室を飛び出した。「ごめーん」の「ん」といったときは、もう階段に足をかけていた。

急いで向かった先は、ギャラリー他山である。

ランドセルを背負って走ると、重心が左右に揺れる。ホタルには自覚がないが、友だちにいわせると「ホシナっていつも走ってる」らしい。赤鉛筆の芯が折れているのは、そのせいなのだろうか。そもそも、赤鉛筆というのが、古い。だが、祖父は「筆箱に一本、かならず赤青鉛筆を入れておきなさい」とうるさい。理由を訊くと「変わらない伝統と信頼」などと、よくわからないことをいっていた。

（筆箱ってのが、そもそも古いよね。今時の小学生が持っているのは、ペンケースだよ）

などと胸の内でぶつぶついっているうちに、目的地に着いた。

ギャラリー他山では、すでに本田電気店の若旦那が待っていた。すみっこの暗がりで、遠山さんがいじけた様子で、若旦那の方を見ている。それこそ、怨霊みたいな態度だ。

「待ってたよ、ホタルちゃん」

本田の若旦那は快活にいった。勝手知ったる自分の店みたいにホタルに椅子をすすめると、自分はカメラとノートパソコンをつないで面倒くさそうな画面を操作している。

「遠山さん、来てください。始まりましたよ」

声をかけられて、遠山さんもようやくやって来た。ドッジボールに誘われた子みたいに、少し嬉しそうだった。

「たぶん、出るのは夜中の十二時だと思う」

ホタルがいうと、遠山さんも曖昧な言葉ながら同意した。本田の若旦那は、さっそくその時間のデータを表示させる。

「…………」

三人は、暗い画面に目を凝らした。

ホタルたちが今居るまさにこの場所を写したものだが、やはり夜中の風景は不気味だ。

しかし、期待していたアカリさんの姿は見えず、「失敗だったか」という結論を口に出しかけたときである。

机の引き出しが、ひとりでに開いた。

「わわわ」

「これは、テレビで見たのと同じだな。ポルターガ……なんとか現象だ」

「ポルターガスストーブ」

「じゃなくて、ポルターガイスト現象」

などといい合っていると、今度は椅子がぐるりと回った。今、遠山さんが腰かけている古いデスクチエアである。

遠山さんは、甲高い悲鳴をあげて、立ち上がった。

そのとき、パソコンの画面の中に予想したとおりのものが映った。

交差点のアカリさんだ。黒髪の、ワンピースの、まぎれもないあのアカリさんだ。

だけど、青黒い闇の中に広角レンズで映し出されたアカリさんは、目の前に対峙《たいじ》するより数倍も迫力があった。大きな目がさらにどろりと大きく見え、その下には真っ黒い隈《くま》ができていた。冷たいくらいまっすぐな鼻筋、形は良いが少しうすすぎるくちびる。とても美人だけど、とても怖い顔で、アカリさんはぬうっとカメラに近づいた。

三人がそろって息をのんだとき、画面が急に真っ黒になった。

「ここで、カメラの電源が落ちたんだな」

本田の若旦那は、いつもよりもシリアスな声でいった。

「ああ……」

遠山さんは、まともに立ってもいられない様子で、店の奥に走り去った。「荷物をまとめる」「今すぐ出て行く」「こんな場所には、もう一秒だって居られない」などと、ひどく取り乱した声でいっている。

問題を解決するための第一段階で、肝心の遠山さんがこの様子では、ヤブヘビもいいところだ。しかし、ホタルには遠山さんの反応が予想できていたから、かえって奮起した。

「よぉし。アカリさん、待ってなさいよ」

こぶしをぎゅっと握ってから、本田の若旦那を振り返る。

「これ、データをコピーできない？」

「できるよ。友だちに見せて、怖がらせるの？」

「そんなとこ」

本田の若旦那に付いて、電気店に行った。若旦那は、アカリさんの映像をUSBメモリにコピーしてくれた。

「USBメモリは、プレゼントするよ。古いヤツだけど」

「ほんと？ ありがと」

ディズニーのキャラクターが付いている、乙女チックな代物だ。むかしのものなので、容量が少ないという。

「商店街のあちこちに防犯カメラを取り付けているでしょ。それに映っているのも、この女なんだよね」

本田の若旦那は重要なことを、いまさらいった。

「だって、遠山さんに聞こえるところでいったら、あの人をますます怖がらせるだろ」

「ちげえねえ」

祖父の好きな時代劇に出て来る江戸っ子みたいな口調で答え、ホタルは分別顔でうなずく。

＊

アカリさんの映像を見せられた田辺は、白い顔をして眉毛を下げて、頬をゆがめた。

「……いろんな所に出没してるんだね」

「つまり、あんただけを狙い撃ちしてるわけじゃないんだよ。あんたとはコミュニケーションがとれたから、ちょっと多めに接近されてるとか？」

「夜中とか、窓の下に相変わらず居るけど」

「こないだ、うちにも来たよ。カーテンを開けて見なきゃいいじゃん」

「だって、気になるだろう」

「まあ、その気持ちはわかるけど」

「それ、早くしまってよ」

「はいはい」

「わざわざ見せてくれなくていいのに」

「ごめんごめん」

ホタルは可愛いUSBメモリをノートパソコンから外して、ポケットに入れた。それがアカリさん当人でもあるかのように、田辺はホタルのポケットを見て顔を引きつらせている。

「怪談ってさ、不気味でいやな感じで、でもそれを楽しむものだよね。だから、兄弟の友だちのイトコから聞いたとか、友だちの友だちの友だちから聞いたとか、身近な話じゃないでしょ、普通は。どんなに有名な話でも『わたし、見ました！』なんてことはないじゃん？」

「だけど、アカリさんはぼくたちの前に出てきた」

ホタルのいおうとしていたことを、田辺が先回りしていった。

「アカリさんの話って、全国に広がっているけど、よそでもこうやって出て来るんだろうか？」

ホタルはUSBメモリを納めたポケットを、ぽてぽてとたたく。

「あたしはねえ、ほかの町の話は全部がダミーで、本当は世界のヘソ商店街の周辺だけで起きていることだと思うのよ。ここでだけ、怪談をエツダツしているんだよ」

「イツダツね、逸脱」

ホタルのまちがいを訂正してから、田辺は口をとがらせて黙り込んだ。何か考え込んでいる様子だ。間がもたないほど黙った後「話、変わるけど」といって顔を上げた。

（話、変わるわけ？）

アカリさんのことでわざわざ来たホタルは、内心でずっこける。田辺は何事もなかったように続けた。

「タコ増のおじさんが、ネットカフェで暮らしているみたいだよ。おとうさんが、おかあさんに話しているのを聞いたんだ。駅前でおじさんを偶然に見かけて、話を聞いたんだって」

「え、どういうこと？」

セカ小児童にとって、タコ増の存在は大きい。だから、ホタルもついアカリさんのことを忘れて身を乗り出した。

「商店街から移転した人は、ほかに住む場所が用意されているって聞いたけど？」

「引っ越した先が、欠陥住宅だったみたい」

そこは、戸建ての中古住宅だった。新しくはないが、下見をしたときは快適そうだと感じたらしい。

ところが、いざ住んでみると、水漏れがひどい、床板がくさっている、虫がわく、騒音がひどい、雨漏りがひどい――という、とてもじゃないが人が住める状態ではなかった。

あげくの果てに持ち家のつもりが、賃貸だった。重要書類を「後で渡す」といわれたが放置され、それが賃貸借契約書だったのだ。初めてその契約書を見て愕然としていたタイミングで、家主を名乗る人物が現れて、老朽化したその家を取り壊すと宣告された。

「そんな——」

あまりのことに、ホタルは目を丸くしている。

「出門不動産ってところに騙されたらしいよ。アコギだよね。出門って、苗字なのかな？　珍しいよね」

「出門——」

それは、ケサランパサラン爺の苗字だ。爺は不動産会社を経営しているそうだから、きっとそこのボスなのだ。やっぱり、悪人だった。ホタルは「ふん」と鼻から息をはいた。

「タコ増のおじさん、悪いヤツを訴えてやったらいいのに。そして、こっちに帰ってきたらいいのに」

そうしたら、セカ小児童たちは再び買い食いができる。

「タコ増のおじさん、かなり弱っていて、とてもそんなパワーが残ってない感じだったみたい。立ち退き反対でがんばっている人たちに申し訳ないって、すごく落ち込んでたって。それに、タコ増のあったところは、もう建設課に買われちゃったかもよ」

「なんてこった」

ホタルは、タコ増に同情して気持ちが暗くなった。ケサランパサラン爺は、えらそうで強そうで怪しげで、とてもじゃないが太刀打ちできない気がする。タコ増は、まるで悪い魔法にでもかかったみたいに、住む場所を失った。

「でも――。ムーンサイドモールに出したお店はどうなのよ。タコ増のたこ焼き、安さでは無敵じゃん」

「そっちも、あんまりうまくいってないみたい。五十円のたこ焼きって、モールよりこっちの方が合ってるよね」

「それは、いえてるかも」

ホタルは頭を掻いた。

「でも、立ち退き料が入ったんじゃない？」

「新しい――中古の欠陥住宅だけど、家を買うのに使っちゃったみたい」

「買ったのなら、賃貸じゃないいじゃん！　裁判起こしたら、絶対に勝てるでしょ！」

「それは、そうだよね。ただ、裁判やるだけの力が残ってないのかも。敵もそんな無理を通したからには、きっと作戦があるだろうし――」

「うー」

ホタルは腕組みをして唸った。怨霊のことも放っておけないが、タコ増の不遇も知らないフリはできないではないか。

*

「いい気味だ」

タコ増の陥った苦境を伝えると、祖父は冷酷にあざ笑った。ホタルが抗議しても、ものともしない。最近では珍しく上機嫌である。

「雄大《ゆうだい》くんに聞いたんだけどね」

雄大くんというのは、本田電気店の若旦那の名前だ。

「ホタル、おまえ、ギャラリー他山に現れた怨霊を撮影したんだってな」

祖父はにやにやしている。

「おじいちゃん、なんでそんなに嬉しそうなわけ？」

祖父は、ずっとまさえさんに会う口実を探していたのだ。まさえさんも、立ち退き反対派を離脱するといった以上、きまりが悪くて他人行儀にならざるをえない。さりとて祖父としては、こちらから用もないのに押し掛けて行くのも、気まずい……。

そこに、ギャラリー他山での怪現象の映像がもたらされたのである。これは、恰好の話のタネになるというものだ。だから、祖父は「ルンルン」している。

「ホタルもいっしょに来なさい。おまえがものにした大ニュースだからね」

祖父は強引にホタルの手を引っ張った。おそらく、一人で行く勇気がないのだ。

「しょうがないなあ」

まさえさんとの関係改善のダシにされたホタルは、ノートパソコンとアカリさんの動画が収められた可愛いUSBメモリを持って、祖父の後を付いていった。

訪ねた先のまさえさんは、以前と変わらない親しさで祖父とホタルを家に招き入れた。いっとき衰退していたおしゃれさも、元にもどりつつある。

それでも、祖父とまさえさんの間に生じた問題は解決していないし、ホタルみたいな子どもでも一度気まずくなった相手とは、仲直りするのには骨が折れるものだ。大人はプライドと建前の生き物だから、なおさら困難だろう。祖父たちはわざとらしくお世辞をいい合ったり、必要以上に親しい素振りをしてみたり、ホタルの目から見ると面倒くさい社交辞令の応酬を繰り広げた。

それがある程度おちついてから、ホタルはノートパソコンをコンセントにつなぐ。

祖父も実際の映像を見るのはこれが初めてだったので、まさえさんと一緒になってビビッた。それがショック療法になったのか、見終わるころには二人の間の溝は自然消滅していた。それだけでも、来た甲斐《かい》があったというものだ。ホタルがそんな大人びたことを考えていたら、まさえさんが意外なことをいいだす。

「でも、この女の人、見たことない？」

「え……」

まさえさんの発言は衝撃的だった。知っている人ならば、話が早い。期待を込めて見つめると、まさえさんはもどかしそうに両手をこめかみに当てた。

「おれも、見たことあるぞ」

「おじいちゃんまで！」

喜ぶホタルをよそに、二人は「どこだったたっけ」「だれだったたっけ」といって、悩み始めた。かたわらからホタルが「だれなの？」「思い出して」と声援を送っても、二人はひとしきり悩んだ。

「あ――ああ、そうそう、そうよ、あれあれ」

出し抜けに、まさえさんがひざや手をたたきながら立ち上がる。

「付いて来て」

そういうと、二人を促して廊下に出た。ホタルと祖父は顔を見合わせながら、後に従う。写真でも見せてくれるのだろうか。だとしたら、客間まで持って来てくれたらいいのに。怖い動画を見て、まさえさんも動転しているのかもしれない。などと考えているうちに、まさえさんはどんどん進み、二階の廊下の突き当たりにあるドアを開けた。

「こっちよ」

そういって促された先は、階段になっていた。ひどく暗い。天井に電灯があるのに、電球が切れてしまっているという。なるほど、ろくに足場がないから、業者にでも来てもらわないと交換できない構造だ。

「藤代《ふじしろ》さんがドジだったのよ」

「藤代さんって？」

「大工さん」

それでも小さな明かり窓があるから、まったく視界がきかないわけでもない。階段の先にあるのは屋根裏の物置とのことで、外から見るとやけに二階の天井が高いと思っていたが、二階の上にまだ空間があったわけだ。してみれば、その高いところに窓がなかったことを思い出す。

ところが、上がった先の屋根裏部屋も電球が切れていた。こちらは、真っ暗闇だ。

「消し忘れなんかしたら、電気代が不経済でしょ。だから、かえっていいのよ」

まさえさんはそういって、懐中電灯をともした。

白い人魂みたいな光が、真っ暗な空間を不規則に走った。

古道具の上にひっそりとつもったほこりや、何ヵ月も——ひょっとしたら何年間も動いたことのなかった空気が、ホタルたちによってかき乱されて、光の線にちらちら躍る。壊れた椅子や、油絵のおさまった額縁や、白雪姫の継母《ままはは》が愛用しているみたいな鏡なんかが、不安定に動く光の中に雑然と積まれていた。

「なんだか、お化け屋敷みたいだよ……」

ホタルが不安そうにつぶやいたときである。

脈絡なく重なった古道具の奥に、人間が居た。

若い女の人だ。

それはあのアカリさんだった。

「ぎゃー」

ホタルと祖父とまさえさんの悲鳴が、ドミソの和音になったのもまた不思議なことである。でも、悲鳴を上げた本人たちはそんなことに気付くべくもない。わざわざ真夜中の交差点に出向いてアカリさんを召喚までしたホタルだが、この不気味な屋根裏部屋で不意を突かれた怖さは、大変なものだった。自分は商店街の大人たちとは違って勇敢で分別のある人間だと思っていたけど、大間違いである。ギャラリー他山の遠山さんを弱虫だと侮っていたが、とんでもない。

なにしろ、今あの暗がりに居るアカリさんは、これまで見たより格段に気味が悪い。命の気配というものが、まるでない。それはまるで、美しい抜け殻なのだ。人間とは、まったく異質の存在って感じがする。

（逃げなきゃ、逃げなきゃ）

腰を抜かして四《よ》つん這《ば》いになり、ほこりっぽい床板を掻きむしっていたら、祖父が緊張感に欠ける声を出した。

「あれ？」

（あれ、じゃないよ、おじいちゃん）

「あら？」

まさえさんまでが、凝然とたたずむアカリさんの方に近づいて行くではないか。祖父も後を追った。

「まさえさん、やめなよ。おじいちゃんも――」

しかし二人を放っておけるわけもなく、連れ戻そうとホタルも付いて行く。三人とも、依然として腰が抜けているから、赤ん坊みたいに四つん這いで進んだ。

「ねえ、逃げようよ。おじいちゃん、まさえさん」

こんなに頼んでいるのに、祖父たちは聞く耳を持たない。きっと、ダイオンリョウに魅入られてしまっているのだ。そう思って、ホタルは絶望的な気持ちになった。

(怖いよ、怖いよ――怖い)

三人の視線の先に居るアカリさんは、まるで人形みたいに微動だにしない。

まるで人形みたいに――。

いや、それは人形みたいに動かない怨霊――なんてものではなかった。

「えー」

マネキン人形だったのだ。

そうと気付いたホタルだが、怖さは消えなかった。すごくイヤな考えが、浮かんだのだ。

これまで見たアカリさんは、ギャラリー他山で撮影された動画も含めて、すべてこの人形だったのではないか。屋根裏から歩き出したマネキン人形が、暗い階段を下りて外に抜け出し、商店街を歩いていた。自分を探してほしいと、人間の言葉で話しかけてきた。それがアカリさんの正体。怨霊でも大怨霊でも、相手が人間ならば気心もわかるというものだ。だけど、怨念によって動きしゃべる人形なんて——。

(怖すぎる)

胸の中で、心臓がハードロックのドラム並みに騒いでいる。

＊

どうにか屋根裏部屋からの階段を下りると、ホタルは狗山神社へすっ飛んで行った。

境内では、やっぱり赤井局長が竹箒《たけぼうき》で掃き掃除をしていた。

母が早朝に見たときも、夜遅くに父がビアガーデンの帰りに見たときも、やっぱり赤井局長は境内を掃いていたらしい。それでも、神社のほかの仕事だって滞りなくできている。宵宮の準備も、その翌日の大祭（といわれる、つつましい神事）も、手伝ってくれる部下の神職や巫女《みこ》もいないのに、遅れも手抜きもないそうだ。

(ひょっとしたら、あの神さまが神通力を使って……？)

宵宮で握手会をしていた美少女が、アニメに出てくる魔女っ子みたいな魔法を使っているキラキラした姿を想像した。でも、そのときに赤井局長がこちらを振り返ったので、ホタルの楽しい空想は一瞬でふっとんで、抱えている大問題が言葉になって込み上げてきた。

「赤井局長、聞いて。あのダイオンリョウが大変なことになってるの」

ホタルは、ギャラリー他山での動画撮影から、まさえさんの家の屋根裏部屋で見たマネキン人形のことまで一気にまくしたてた。少なからぬ店が、アカリさんを恐れて立ち退きを決めたことも、由々しい問題として挙げた。

「あのマネキン人形の人形供養をしてください」

「人形供養？」

赤井局長は、びっくりして目を見開いた。彫りの深い赤くて大きな顔は、ナマハゲみたいになった。

「燃やしちゃってくださいよ」

「うーん」

ナマハゲそっくりの顔が、今度は悲し気にしぼむ。

「それは、できないよ」

「どうして？　赤井局長は前に、悪いことをしてないからダイオンリョウでも退治できないっていったよね。でも、商店街の人たちをこんなに怖がらせているんだから、それは悪いことでしょ。退治しなくちゃ、ますます被害が出るよ、きっと」

「でもね、マネキン人形ってのはポリエステルというもので作られているんだよ。ポリエステルはダイオキシンが出るから、勝手に燃やしたらいけないんだ」

赤井局長は、実際的なことをいった。

「それに、やっぱり相手が人形でも怨霊でも、乱暴なことはいけないよ。ホタルちゃんが考えるとおりに祟りが起こっているとしても、原因となっている問題や背景があるものだ。やみくもに人形供養してみたところで、手掛かりを焼却処分するだけの結果になると思うなあ」

「だったら、どうすればいいの？」

ホタルは、いらいらし始める。

赤井局長は「そうだねえ」といって、太い人差し指をほっぺたに当てた。

「御札《おふだ》を貼ってみたら、どうだろう」

「御札？　効くの？」

「狗山神社は、これまで授与品がなかったから――」

狗山比売と二人で、夜なべして『怨霊退散』の御札を作ったという。

「ちょっと待ってて」

大きな体で社務所にダッシュした。まるで横綱の短距離走みたいな迫力だ。

「ほら、これ」

赤井局長は、間髪を容れずにもどって来た。短距離走もとい、借り物競走みたいだった。その手には、楠本《くすもと》観光グループと印刷されたクリアファイルがある。ホタルが期待と疑いを込めて見つめていると、赤井局長は恭しい動作でファイルから細長い紙片を取り出した。

「うわ」

それは、何やらとても可愛い代物だった。和紙を使っているのだが、霊験あらたかそうなのはその点だけで、レトロな感じのする字体で「ＯＦＵＤＡ」とローマ字が書かれてある。文字の周囲には、きらきらするレモンの模様がちりばめられていた。

「活版印刷なんだ。レモンのイラストは、箔押《はくお》しだよ。凝ってるでしょ」

赤い大きな顔が、褒めて欲しそうに箔押しのレモンと同じくらいきらきらしている。

「試供品だから、特別に無料サービスしちゃうよ」

「御札なのに、試供品？」

「そうそう。試供品。お試し価格、ゼロ円！」

赤井局長は、ホタルが嬉しがるのを待っている。

こういう期待を無下《むげ》にするほど人が悪くないのと、予想もしなかったデザインの御札を見せられたのとで混乱し、ホタルは「可愛い」とか「すてき」とかいって喜んだふりをした。

第十章　アカリさんの足跡

意外だったのは、狗山神社の少女趣味な御札を、まさえさんがことのほか喜んだことだ。こんなにありがたみのない御札もめったにあるまいに、本当に嬉しいのか、どういうところが嬉しいのかと訊いてみる。

「活版印刷っていうのは、今ではかえって斬新なのよ」

「はあ……」

あんなに怖がった後だというのに、まさえさんはすっかり元気になっている。ホタルに紅茶とクッキーをすすめた。ホタルが食べ始めると、自分はスリッパをぱたぱたと鳴らしてキッチンの壁に御札を貼りに行く。

「まさえさん、家《うち》にあの人形があるのに怖くないの？」

自分だったら、同じ屋根の下にあんな不気味なものがあるなんて耐えられない。いくら、試供品の御札を貼ったって、怖いものは怖いではないか。

「それが、怖くないのよ」

そういうと、照れたように「うふふ」なんて笑う。

やはり案じたとおり、まさえさんは霊に魅入られてしまったのか。そう思って絶句するホタルの向かいに腰を下ろし、まさえさんは自分のカップにもお茶を注いだ。

「あのマネキン人形はね、わたしが洋服屋をしていたときに、お店に置いてたものだったのよね。店じまいした後でも捨てるのが可哀相で、物置に入れていたの。それをすっかり忘れて、あんなに驚いちゃって」

おほほほ、とまさえさんは淑《しと》やかに笑っている。

「いやいや、まさえさんも見たでしょ。あの人形は、商店街の人たちを怖がらせているダイオンリョウと同じ顔をしているんだよ。のんきに笑ってる場合じゃないって」

「あんなの、ただの人形よ」

この辺りの人は迷信が好きだから、あまりこんないい方はしないので、ホタルは意外そうにまさえさんを見た。そして、大切なことに気付く。

「アカリさんは、自分を見つけてといってたんだ。ってことは……」

ホタルは自分の発見を喜んで、思わず手をたたいた。

「アカリさんは見つかったから、これでもう祟ったりしないよね」

「どういうことかしら？」

まさえさんが不思議そうにするので、ホタルは説明した。商店街を脅かしている大怨霊のアカリさんは、ずっと自分を探し出してほしいといっていたことを。

ところがホタルが喜色満面になったのと反対に、まさえさんは難しい顔になった。

「そういうことだったの？」

「何かマズイことでも？」

「実はね、あのマネキンにはモデルが居るのよ。あれとそっくりな、実在の人が居るんです。だから、幽霊や怨霊になって出て来ているとしたら、モデルになった本人なんじゃないかしら。だって、マネキン人形ってビニールとかプラスチックなんでしょう。いくら何でも、ビニールの怨霊ってのは、ないわよ」

「ええと——ポリエステルで出来てるんだって。だから、人形供養の御焚《おた》きあげができないんだって」

ホタルは赤井局長から聞いた知識を披露した。

「ともかく、問題なのはあの人形じゃなくて、モデルになった人だと思うわよ。人形は、しょせん人形ですもの。あまり物にこだわると、断捨離もできないわ」

断捨離とは無縁と思える大きな屋根裏部屋がありながら、まさえさんはそんなことをいった。

「でも、マネキン人形って、モデルなんか居るものなの？」

「一般的にはわからないけど、あの人形の場合は居るのよ。むかし、世界のヘソ商店街に、マネキン人形作家のアトリエがあったの。うちの人形は、そこの先生が作ったの」

「あれ？」

ホタルは、記憶を再生しようと視線を上げた。

アカリさんと最初に会ったのは、田辺の家に宿題を届けた帰りだ。影のない女の人に話しかけられたのだ。

――ノザワ・スタジオって、どこでしょうかしら？

「ねえ、まさえさん。そのアトリエって、ノザワ・スタジオっていうの？」

「あら、知ってるの？　野沢《のざわ》さんが引っ越したときは、ホタルちゃんはまだ小さかったのに」

「なるほど、引っ越したのか」

ホタルは考え深げに、自分のあごをなでた。

＊

人形の怨霊に対する恐怖で震え上がった反動で、アカリさんが生身の怨霊だと再確認できて、俄然やる気がもどったホタルである。

ノザワ・スタジオを探して、一人で探偵みたいにやって来た。

野沢氏は、世界のヘソ商店街からバス停でいうと二つ離れたくらいの場所に、アトリエを構えていた。倉庫みたいな建物で、古そうだがずいぶんと広かった。中には、はだかのマネキン人形とか、スケッチした絵とか、なぜか古いバス停の看板がいくつかあった。

「すてきでしょ」

野沢氏は白髪交じりの髪を短く刈った元気そうなおじさんで、バス停が好きなのだとか。アトリエには、従業員の若い男性が二人と、モデルの女の人が一人居た。そして、バス停よりも、できあがった人形よりもたくさん、作りかけの原型が並べてある。芸術的というか、幻想的というか、カオスな空間だ。

ホタルは野沢氏に、あのマネキン人形の写真を見せた。

「おお！」

野沢氏の顔が輝く。

「確かに、これはぼくの作品です。懐かしいなあ」

「あの――。この人形は、実在の人をモデルにしたって聞いたんですけど――」

「うん。もう八年か九年も前なんだけど、街で偶然に見かけたんですよ。そのときは、彼女はまだ高校生でした。ぼくは、ひとめぼれしたんだ。一瞬で恋に落ちた」

「恋に……落ちた……？」

ホタルが怪訝《けげん》そうな顔をしたので、野沢氏はあわてた。二人の部下とモデルが笑っている。これは、野沢氏が繰り返し話している逸話のようだ。

「いやいや、人形作家としてということだよ。彼女はとてもきれいな子で、それにプラスアルファで、人形的な素質を感じたんだ」

「人形的な素質？」

「うん。言葉にすると難しいんだが、何ていうのかな、生きている人間とは別の造形としての美というか……あ、ごめん、ちょっと難しかったかな？」

「うん、いいえ、何かわかるかも」

怨霊となっているからには、アカリさんはもはやこの世の者ではない。その人のことを、『生きている人間とは別の美』なんて表現するのを聞いて、ホタルは悲しい驚きというか、奇妙な皮肉を感じていた。人間の姿形と向き合ってきた野沢氏には、アカリさんの悲劇的な未来が漠然と見通せたのだろうか。

などとおセンチになっていたら、野沢氏はひとりで楽しそうに話し出す。

「きみが見たこの人形、リアルだったでしょう？　FCR技法といって、人間そのものと同じ姿の人形が作れるんだよ。どうやるかというと――」

野沢氏の職業的な饒舌《じょうぜつ》がはじまったので、ホタルは陰陽師《おんみょうじ》のように片方の手のひらをさっと上げた。

「それで、モデルの方の名前と住所などは？」

「え？」

話の勢いであっさりとしゃべってくれそうに思えたのだが、そこはさすがに大人だから、常識的な反応をされた。つまり、ホタルは怪しまれた。たとえ相手が小学生といえども、個人情報を簡単に教えることなどしないのが、普通なのだ。

「え……と、自由研究で……」

ホタルは作り笑いをしながら、懸命に脳みそに鞭打《むちう》つ。

「自由研究で、ですね――『地元発信のファッション作り』というテーマで調べたことを発表するために、リレーインタビューをしているんです。今日来たのも、町内でブティックをやっていた小野まさえさんから聞いて来たんです。このマネキンを作ったのが、地元の人なんて、スゴイという――」

あなたの個人情報もまさえさんから聞いたのだ。さあ、あなたもモデルをした人のことを教えなさいという言葉を目の輝きにして、ホタルは笑顔で迫った。それに、来年の春に学校が廃校になるため、この自由研究は最後の思い出になるなどと、涙腺をくすぐる話を付け加えた。

自由研究云々《うんぬん》は口から出まかせだけど、廃校は残念ながら事実なので態度にリアルさが加わる。それですっかり、野沢氏の同情を獲得した。

「そういうことなら」

野沢氏は、広い部屋の隅にあるスチール机の上から、黒い革表紙のノートを持ってきた。住所録のようだった。

「彼女の名前は、乾亜佳梨さん」

そう聞いて、ホタルはゴクリとつばを飲み込んだ。

とうとうフルネームがわかったという事実と、いよいよ深いところに向かっているという緊張が、胸に迫ってくる。

改めてアカリさん――改め亜佳梨さんの苗字と名前の漢字、そして住所を書きとっていたときだ。

すごい光が、かっと一瞬だけひらめいた。

電気店のありったけの蛍光灯とLEDを、同時に点灯したみたいなまぶしさだった。

つかの間ののち、すごい音がした。

和太鼓と大太鼓と小太鼓が束になってもかなわないような轟音《ごうおん》だ。

続いて、トタン屋根に礫《つぶて》が当たる物騒な連続音が響き渡る。

その場に居た全員が、「雷だ!」とか「雹《ひょう》だ!」とか、大声でいった。大声を出さないと、屋根からの音で周りに聞こえないのだ。その中でも、窓のそばに居たモデルの女の人が、ひときわ高い声を上げた。

「火事だわ! 火が上がってる」

一同は、わらわらと窓辺に走り寄る。ちょうど空き地の向こうで視界が開けた辺りから、確かに炎がのぼっているのが見えた。

「燃えているのは、本洛寺《ほんらくじ》じゃないか」

深刻な声で、野沢氏がつぶやいた。

＊

雹はすぐに降りやみ、ホタルは正直なところ野次馬根性を発揮して、火事の現場を見に行った。

火事は、あっという間に消し止められたらしい。

焼けていたのは、やはり野沢氏がいったとおりに本洛寺という寺だった。保科家の旦那寺ではないが、住職が祖父の同級生なので、ホタルも連れて来てもらったことがある。住職は幼少時に祖父の子分だったそうで、今でも祖父の前では下手《したて》に出てくれる。高齢になるとそういうのが嬉しいようで、祖父はしばしばお茶を飲みに押し掛けていた。

（ご住職や奥さん、大丈夫かなあ）

ホタルよりずっと早く駆けつけた大人たちが人垣をつくっていて、ホタルにはなかなか様子が見えなかった。でも、その人たちが知り得た情報を声高に披露し合っているので、大方の事情を知ることができた。

それによると、本洛寺の火事は境内の榎《えのき》の巨木に雷が落ちて、炎の柱となったという。

だから、ノザワ・スタジオの窓からも天に向かって伸びる炎が見えたのだ。目撃者によると、まるで巨大な松明《たいまつ》みたいだったとのこと。

少なからず奇妙な現象だったので、夕方のローカルニュースでも話題になった。

それよりも驚いたのは、火事の発生したときに、祖父が本洛寺に居たことだ。実は……ほかでもない、あのマネキン人形を持ち込んだのである。祖父はマネキンを呪いの元凶と決めつけて、人形はしょせん人形だといいはるまさえさんを説得し、御焚き上げしてもらうことにした。

まさえさんのことを慕っている祖父としては、「そんなこと、要らないわよ」といわれても、心配だから引き下がれなかったのだ。それに、一度言い出したことを、要らないといわれて簡単に納得するには、祖父はいささか頑固すぎるところがある。

そうして、いざ御焚き上げしようとしたら、一天にわかに掻《か》き曇《くも》りお寺の大木に雷が落ちて炎上したというわけである。

火災は天を焦がすありさまだったが、被害は落雷した榎の大木一本だけだった。それが少なからず奇妙だったこともあり、ローカルニュースに取材されたり地元新聞の夕刊のトップ記事になったりした。そして、消防や警察の人が来て当事者の聞き取り調査が行われた。

当事者とは、本洛寺の住職とその場に居たホタルの祖父だ。

祖父も住職も、まさか呪われたマネキン人形を御焚き上げしたら、祟られて雷が落ちました――とはいえないので、しらばっくれた。しらばっくれつつも、祖父と住職は内心で震撼《しんかん》していた。なにしろ、雷に打たれた榎は、天にのぼる炎の柱と化したのだから。その強烈な眺めは、超常現象の恐ろしさを、いまさらながら二人に見せつけたのである。

マネキン人形の御焚き上げをしようとしていたことは、火事とは無関係と判断された。でも、以前に赤井局長もいったとおり、ポリエステルのマネキンはダイオキシンが発生するから勝手に燃やしたらいけないのである。それで、住職と御焚き上げの依頼者である祖父は、警察や消防からきついお叱りを受けた。

「叱られただけで、よかったよね」

「そうよ。逮捕とか裁判なんかになったら、大変よ」

世間を騒がせ、大ひんしゅくを買って、すっかりしょげている祖父を励まそうと、ホタルとまさえさんが甘味屋に連れて行った。元々、まさえさんのご機嫌取りが目的でしでかした騒ぎだっただけに、当人にお茶に誘われてよっぽど嬉しかったのだろう、祖父はたちまち復活した。そんな祖父を、ホタルは高齢者のくせに小学生男子みたいに単純なヤツだなあと思った。

そこで終われば、めでたしめでたしだったのだが、変なおまけが付いた。

祖父とまさえさんとホタル、三人でプロ野球の話などしながらご機嫌で帰って来たとき、保科文具店の前に黒塗りのすごいリムジンが停まっているのが見えた。アメリカのギャング映画に出てくるみたいな、胴長でミニバンより人がたくさん乗れそうな代物で、その立派なクルマの前に仁王立ちしていたのが——。

「ケサランパサラン爺……」

「出門、出門大太郎……」

ホタルと祖父は同時につぶやいた。まさえさんは「あらあ、こんにちは」といった。

ケサランパサラン爺は、ちらりとまさえさんの方を見てから祖父に視線をもどした。しわの中の細い目が、敵意に燃えていた。

(なんで、この人はこんなに喧嘩腰なのかな)

ホタルに探るように見つめられても、ケサランパサラン爺の感じ悪さは変わらない。

「やあ、将ちゃん、ローカルニュースを観たよ。相変わらず、大活躍みたいだねえ」

明らかに、今回の火事騒ぎに対する皮肉である。これまでケサランパサラン爺に友好的に接していた祖父も、さすがにカチンときたみたいだった。

「出門、なんなんだよ、その態度。まるで、おれたちに恨みでもあるみたいじゃないか」

「あるみたい、じゃない。おれは、おまえたちに、恨みが**ある**んだよ」

あるという部分を、凶暴なくらい強調して、ケサランパサラン爺はいった。

「おまえたちにいじめられた恨みを晴らすときが来たのだ」

いじめ？

ホタルは眉をひそめる。うらみを晴らすどころか、このケサランパサラン爺たちのしていることこそがいじめだと、田辺だっていっていたんだけどね。

祖父にしても、ケサランパサラン爺のいい分は納得がいかなかったようだ。

「いじめって……？　何をいってるんだ。おれたちは、友だちだったじゃないか」

「笑止！」

ケサランパサラン爺は一喝した。「笑止、論外、問題外！」というのが、石山女史の決め台詞《ぜりふ》だったなあと、ホタルは思い出す。そんなこととは関係なく、ケサランパサラン爺は、吐き捨てるようにいった。

「おまえたちの仕打ちに、おれがどんなに苦しんだか、**わかるか？**」

「仕打ちって……」

祖父とまさえさんは、顔を見合わせた。**わかっていない**と知ったケサランパサラン爺は、顔を赤くして大声を上げた。

「小学校五年生のときだ！」

あたしと同じ年のとき？　ホタルは一気に引き込まれた。

「日曜日、おれとおまえは、まさえの家に遊びに行っていた」

三人で遊んでいたが、まさえさんは昼食の手伝いをするために台所に向かった。そして、やがて二人が遊んでいる部屋にもどって、笑顔でいった。

——将ちゃん、ごはんだよ。

そこで、ケサランパサラン爺は黙った。

ホタルたちは続きを待ったが、ケサランパサラン爺は怒りに燃えた目でこちらを睨みつけるばかりだ。

「それで、どうしたんだ？」

「どうした、だとー！」

ケサランパサラン爺は、しわがれ声を裏返らせて、叫んだ。となりの家で飼っているシベリアンハスキーが、仲間の遠吠《とおぼ》えと勘違いして、自分も長く吠えはじめる。

「まさえ、おまえは、将吾郎にだけ昼飯を食わせようとしたのだ。いっしょに遊んでいたおれを、無視し、ないがしろにし、仲間外れにしようとしたのだ。なんたる陰湿ないじめか。なんたる悪質ないやがらせか」

「え」

ホタルたちは、言葉を失った。

つまり、この人は「将ちゃん、大ちゃん、いっしょにご飯を食べよう」といわなかったばっかりに、ヘソを曲げたのだと？　すごく曲げたのだと？　陰湿ないじめを受けたと思ったのだと？

ホタルは呆れてしまう。なんという面倒くさい人だろう。

「そういうのって、被害妄想っていうんじゃ――」

「子どもが知ったような口をきくな！」

ケサランパサラン爺は、怒号でホタルの口をふさいだ。

「あのとき、おれは復讐《ふくしゅう》を誓ったのだ」

「復讐って……」

唖然とする三人を前に、ケサランパサラン爺は怒りの演説を始める。

それによると、出門少年は祖父たちを見返してやるために、猛勉強をした。祖父たちの記憶から出門大太郎の存在が消えたのが、このころである。出門少年は勉強に精を出すようになったので、将吾郎たちと遊ばなくなったのだ。それを放っておいた祖父たちは、気を使ってのことなのか、あるいは逆に無神経だったのか。

「おまえたちが無神経なおかげで、勉強もはかどったわい」

祖父たちの意図はどうあれ、ケサランパサラン爺は悪く受け取っていたようだ。そのことへの怒りも、出門大太郎を突き動かす力として加わった。彼は優秀な成績で学問をおさめ、社会に出てからはつねに野心に満ちて、危険を冒し、勝負に打ち勝ち、地元の財界に名をとどろかす存在となった。

「それもこれも、おまえたちに復讐を果たすためだ」

「うわあ、暗い情熱だなあ」

ホタルのつぶやきは、刃物のようなするどいまなざしに封じられる。

「おまえたちを、この商店街を、ぶっ潰してやるぞ。おれは決して容赦はしない。必ず、いじめの温床を地上から消してみせる」

そう宣言するころには、ケサランパサラン爺の声は爽やかささえ帯びていた。着物の裾を翻し、胴長の立派なクルマに乗り込むと、大きな排気音を残して立ち去ってしまう。

　残された三人は、しばし、きょとんとしていた。

「あれは、被害妄想よねえ。控え目にいっても、勘違いっていうか」

　まさえさんに同意を求められ、ホタルと祖父はそっくりな動作でうなずいた。

　しかし、勘違いが一人の男の人生を変えてしまった。

（成功したからいいようなものの……。いや、この商店街をつぶそうなんて企《たくら》んでいるのは、やっぱりよくない）

　ホタルが口をとがらせていると、まさえさんも難しい顔をした。

「それにしても、大ちゃんは、どうしてここに居たの？」

「おれたちを待ち伏せしていたんだろう。宣戦布告をするために」

「まあ、どうしましょ」

　まさえさんは、あの石山女史と親戚だから、よけいに複雑な気持ちだろう。

「あいつは、危険を冒し、勝負に打ち勝ち——なんていっていたが、いろいろ汚いこともしてきたんだろうな。今も、どういう奥の手を隠しているんだろう」

「——そもそも、わたしが迂闊《うかつ》なことをいったせいなのよね」

　まさえさんがしょんぼりするので、祖父が慌てた。

「ちがう。あれほどの根性曲がりは、想定外だよ」

「ほんと、根性曲がりだと思う」

ホタルは祖父に賛成した。そんな根性曲がりの思い通りになっていいわけがないと、気持ちを新たにする。しかし、角屋のお客がいっていたように『強制執行』なんてことになったら、祖父たちがいくら頑張っても万事休すなのだけど。

第十一章　亜佳梨さんと亀井さん

本洛寺の火事騒ぎですっかり動転していたけど、ホタルは遅ればせながらノザワ・スタジオでの収穫を思い出した。

勉強部屋で、ノートパソコンの電源を入れる。スペックが低いために、なかなか立ち上がらない画面を見つめながら、思案した。

ケサランパサラン爺はわざわざ喧嘩を売りに来たのだが、爺の独壇場である政治や経済や社会のことなど、小学生のホタルにはトンとわからない。

一方、今の状況からみて、やはり亜佳梨さんの動きは敵と関係していると考えていいような気がする。

小学生のホタルとしては、ケサランパサラン爺や石山女史と真正面からぶつかるよりも、今までどおりに亜佳梨さんを追うのが順当に思えた。

(亜佳梨さんをなんとかするってのは、田辺とも約束しているし)

ホタルもアカウントだけ作っているSNSで、乾亜佳梨という名前を検索してみた。

あまり期待はしていなかったが、目指すアカウントはあっさりと見つかった。プロフィールの写真は、黒髪美人。まぎれもない「交差点のアカリさん」いや、乾亜佳梨さんである。しかも、この竜宮《りゅうぐう》市の人だと書いてあった。

(ずっと更新されてない)

最後の投稿は、おととしの四月だ。

(その後で亡くなったってこと?)

そう思うと、ズシリと胸が重くなる。

――一人で別荘に来ています。

死んでしまうなんて思いもしない、平素の言葉だ。思えば、それも当然のことである。事故で亡くなる人も、事件で亡くなる人も、そのときまでは自分の運命を知らないのだ。それって、とんでもない悲劇だと思った。

(亜佳梨さんに、何があったんだろう……)

言葉に添えて、別荘とおぼしき写真が載っていた。その建物に、見覚えがあるような気がした。市内の風景なら、ホタルが行ったことのある場所なのかもしれない。

その前の投稿には、蜂に刺されたと書かれていた。

——痛いなあ。出先だから、虫刺されの薬がなくてまいった！

（虫刺されの薬……）

怪談のアカリさんが虫刺されの薬を欲しがっているのは、ここに書かれた蜂と関係があるのかもしれない。

（でも、だからどうしたって感じ。なんだか、よくわかんないなあ）

亜佳梨さんの日常は平凡だったのか、それともＳＮＳとの向き合い方が淡白だったのか。投稿はあまり多くないし他愛のない日常のことばかりで、大怨霊になってしまうような事件や悩みなど毛ほども書かれていな……い？

（え……）

投稿が途切れるより半年前、亜佳梨さんの両親が事故で亡くなったと、記されていた。

「やだ。大事件——」

しかし、亜佳梨さんの投稿だけでは詳細がわからない。元々、このアカウントには閲覧した人のコメントはほとんどないのだが、事件に関してもぽつねんと亜佳梨さんが投稿しているだけだ。

その日付と『乾《いぬい》』という苗字、『事故』というキーワードを加えて、検索エンジンで探してみた。

ヒットしたのは、地元新聞のサイトである。

亜佳梨さんの両親は、交通事故で亡くなっていた。

事故が起きたとき、亜佳梨さんは同行していなかったらしい。でも、それは何の慰めにもならなかった。亜佳梨さんは、一度に二人の家族を亡くしてしまったのである。

亜佳梨さんの父親は、建築事務所の社長だった。母親は陶芸家である。乾夫妻は慈善家としても、知る人ぞ知る存在だったとのこと。

(なんか、きらきらしてお洒落《しゃれ》な一家だな)

でも……。ふうっと、暗いため息が出た。

(三人とも、死んじゃったんだ……)

亜佳梨さんのSNSにもどって、両親の事故以前の投稿を眺めた。

目でぼんやりと文字をたどりながら、考える。

亜佳梨さんには、ほかに家族は居るのだろうか。美人だけど、しょんぼりして小学生相手にもおどおどする亜佳梨さんのことを思い出す。

マネキン人形ではない生身の怨霊の方はさほど怖くないのだが、そのかわりかなり鬱陶しい。だけど、こんな悲劇にあった人に対して、鬱陶しいなんていうべきではないと反省した。そう思った時点で、ホタルの中では亜佳梨さんの捜査の動機は、田辺のためというよりも、商店街のためというよりも、亜佳梨さん本人のためという方向に大きく傾いた。

——幽霊だって、生きている人と同じで、いろいろと事情があるものなんだよ。生きている人だって、悪いことをしても、ちゃんと裁判を受ける権利があるんだ。ましてや、その人は何も悪いことはしていないんでしょう？

赤井局長にいわれたことを思い出す。まことに、そのとおりだ。ダイオンリョウを退治して欲しいなんて頼みごとを、赤井局長が聞き入れてくれなくて本当に良かった。

「……あ！」

集中もせずにパソコンの画面をながめていたホタルは、短く声を上げた。

思いもよらないことが、書いてあったのだ。

乾亜佳梨さんは、市役所の非常勤職員の採用試験に合格していた。住所が竜宮市だから、採用されたのは、ここの市役所ということになる。

＊

翌日の放課後、仕事が休みの母に同行を頼み――ついでに、行き先まで調べてもらって、ホタルは建設課の亀井さんの入院先にお見舞いに行った。以前、閻魔庁の北村さんから、亀井さんが重病で入院していると聞いたのを思い出したのである。

重病とのことだが、原因は亡者の篠田栄一さんが『一本道』から出入りするのを見て怖がったせいだというから、せいぜい田辺が家から出られなくなったのに似た容態に違いないと思った。ならば、押し掛けて行こうが、質問をぶつけようが、さほど問題にはならないだろう。

ところが、亀井さんが入院していたのは、整形外科病棟だった。加えて、再起不能の病気になったという話なのに、実際に行ってみるとピンピンしていた。

「亀井さん、再起不能なんじゃなかったの？」

ホタルは、ベッドのわきに立てかけた松葉づえを見ながら、つい非難がましくいった。

「ホタルちゃん、来てくれたの？」

亀井さんはお人好しそうな顔をくしゃくしゃにして笑った。ホタルの横では、母が面目なさそうに何度もおじぎをしている。

「このたびは、こちらの不行き届きでとんだことに――。お見舞いが遅くなり、まことに失礼をいたしました」

「え？　不行き届きって？」

亀井さんは、きょとんとする。

「世界のヘソ商店街で恐怖体験をしたせいで、病気になって再起不能なのでは……？」

「え？　そういうことになっているんですか？」

亀井さんは、不思議そうな顔で笑った。

「ぼく、市役所の階段でだれかにぶつかって落ちたんです。それで左足を骨折してしまいまして」

いやあ、痛かったーと、亀井さんは言葉とは正反対に嬉しそうにしている。

「実は、明日、退院なんです。ホタルちゃんとすれ違いにならなくて、良かったです。せっかく来てくれたのに、退院してたら失礼ですもんね」

「いや、退院するのはいいことだし」

ホタルと母は、不可解さを隠して「ねえ」とうなずきあった。

「折ったのが左足でよかったですよ。右足だったら、クルマの運転ができないもの」

「亀井さんは、前向きな人だなあ」

「あははは」

骨折はともかく、こんなに元気な亀井さんが、どうして再起不能の病人などといわれてしまったのか、まったく不思議である。

(北村さんが悪いんじゃん)

亀井さんが再起不能だといったのは、閻魔庁の北村さんだった。おかげで、篠田夫妻がいっしょに生まれ変わることができなくなったわけだから、間違いとか勘違いで済む話ではないと思う。でも、ホタルが今日来た目的は別なのだ。

「亀井さん、乾亜佳梨って人を知ってる?」

亜佳梨さんが非常勤職員として働いていても、市役所は広くてたくさんの人が居るんだから、亀井さんから情報を得られるとは限らない。そう覚悟していたのだが、意外なことに亀井さんはホタルの問いに激しく反応した。

「ホタルちゃん、どうしてその人の名前を——?」

どうやら、期待外れではなかったらしい。ホタルは母の方を振り返ると、「おかあさん、アイス買って来てよ」と甘え声を出して追い払った。

「亜佳梨さんのこと、知ってるの？　ねえ、亀井さん、亜佳梨さんのことを教えてよ」

　亜佳梨さんは、今、誰にも知られないまま、亡くなっている。だから、大怨霊になってしまったのだけど、それをいきなり亀井さんに告げるのは乱暴すぎると思う。

「彼女ね、うちの課で働いていたんだ」

「マジー？」

　これは、大当たりだ。灯台下暗しだ。ホタルは万歳やガッツポーズをしたかったが、空気を読んで自粛した。亀井さんが急に悲しそうにしおたれてしまったからだ。

「ご両親が亡くなってすぐに、退職しちゃったんだ。でも、どうして、ホタルちゃんも亜佳梨さんのことを知ってるの？　ひょっとして、親戚とか？　彼女、今、どうしているかわかる？」

「親戚じゃないけど――」

　ホタルは一度言葉を飲み込んだ後で、意を決したように亀井さんの顔をまっすぐに見た。

「交差点のアカリさんっていう怪談を知ってる？」

「アカリ、さん？　いや、知らない」

亀井さんは、不安そうに視線を返してくる。

ホタルは、セカ小で流行っている怪談と、インターネットで見た全国バージョンを話した。世界のヘソ商店街の商店主たちが急いで立ち退きたがるのは、このアカリさんを怖がっているからだということも話した。

「あはは。まさか」

亀井さんは笑ったけれど、不安そうな表情は消えない。ホタルが次にいう言葉をおそれているのだ。

「それって、乾亜佳梨さんのことだよ」

「あはは……。まさか……」

同じことをいう亀井さんは、今度は泣きそうだった。本当に笑い飛ばされたら話が進まないから、亀井さんには気の毒だけど上首尾ではある。

「亀井さん、あたしこれからショックなこというよ」

ホタルは、亀井さんの顔を探るように見た。この人は、亜佳梨さんのことが好きだったのかもしれない。だから、亜佳梨さんが仕事を辞めたことがすごく悲しいし、ホタルがこれからいおうとしていることを、とても怖がっている。

「え？　いやだな……聞きたくない、かも、だよ」

「駄目。聞いてもらわなくちゃ」

いっそのこと、亀井さんを仲間にしてしまった方がいいのかもしれない。商店街の立ち退きに関しては正反対の立場だけど、亜佳梨さんを助けたいという気持ちは同じだ。

だから、ホタルは敢えていった。

「亜佳梨さんは、たぶん死んでる」

「そんな――まさか!」

亀井さんの声は、悲鳴みたいだった。何かいおうとして黙り、また口を開きかけて閉じた。亀井さんがそれを繰り返すのをしばらく見守り、そしてホタルは話を続ける。

「亀井さんは、あの人が亡くなったことを知らなかったよね。たぶん、それは誰にも知られてないんだ。そういう人は、怨霊になっちゃうんだよ。亜佳梨さんは、一番怖い大怨霊になってるの。だから、いろんな人に祟ってるわけ。祟られる人も困るけどさ、一番困ってるのは亜佳梨さんなんだ。だって――」

だって――、に続く言葉は亀井さんには理解できないだろう。

怨霊でいるうちは、ここから次の世に渡れない。

そういってみたところで、瀬界町の外に居る人はたいてい、次の世なんてものは迷信だと思っている。

それでも、亀井さんにはホタルに協力する理由があった。ホタルが見抜いたとおり、乾亜佳梨という女性が好きだったのだ。

「それ、本当なの？」

亀井さんは疑っている。疑うということは、半分くらいは信じているということだ。亜佳梨さんのことが好きなら、その信じている半分を、放置なんかできない。それが一パーセント以下だったとしても、聞いた以上は無視できない。

亀井さんは、重たい息をついた。その呼気の中に、決心があった。

「ともかく、彼女を見つけてあげなくちゃ」

「うん」

ホタルは真面目な顔で、ひとつうなずいた。

「あたしたち、二人で見つけよう」

こうして、亀井さんとホタルの目的が一致した。

小さなビニール袋をカサカサさせて、母がもどってくる。

「亀井さんもバニラでよかったかしら？」

エコバッグを忘れていったら、売店の人がアイスクリームを生もの用の袋に入れてくれたとのこと。病院の売店で、生ものなんか売っているのか？

「ほら、こんにゃくとか……あら？　こんにゃくって、生ものだったかしら」

「病院の売店で、こんにゃくが買えるの？」

「売ってたわよ」

母が居るので、亜佳梨さんの話は中断となる。ホタルの両親は寛大な子育てをモットーにしているが、怨霊になった人の探索をするなんていわれてなお、小学生の娘に寛大で居られるとはさすがに思えない。

「ねえ、亀井さん。商店街の立ち退きのことなんだけど」

母はアイスのカップを渡しながら、奇妙な上目遣いで亀井さんを見た。

「やっぱり、強制執行なんてあるのかしら？　あるわよね？」

目が輝いている。立ち退きの隠れ賛成派である父と母は、祖父と衝突せずに穏便に新築の家に住みたいから、土地収用の強制執行を待っているのだ。

「大丈夫ですよ」

といった亀井さんは、勘違いしている。

「強制執行はないと思います」

「え」

母は、あからさまにがっかりした。

「どうして？」

「竜宮市も御多分にもれず、財政難なんですよ。ここだけの話、このたびの拡張工事計画は、出門不動産がいい出して、市役所はフォローしているだけなんですよね。出門不動産がいくら発奮しても、市役所的には強制執行までは踏み切らないものとぼくは見ております」

亀井さんは、持論を展開して得意げだ。でも、急に不安になったらしく、慌てて付け加えた。

「あ、でも、ぼくなんかは下っ端なので、全然確約はできないですけど」

なあんだ。

今度は、ホタルががっかりした。

＊

病院前のバス停で時刻表を調べて、母は「あちゃー」と額をたたいた。

「バス、今行ったところ。ロビーでツエ子さんの甥御《おいご》さんに会わなきゃ間に合ったのに」

エレベーターを降りたとき、中年の男の人に声をかけられた。

——伯母が大変にお世話になりまして。

この人のことを記憶していたわけではなかったが、ツエ子さんにそっくりだと、二人ともすぐに気付いた。甥氏は、しばしばツエ子さんを世界のヘソ商店街にクルマで送って来ていたという。保科文具店にも、紅白帽を買いに入ったことがあるそうだ。

あらあら、まあまあ、と母は笑顔を作った。中年男性がなにゆえ紅白帽を買うのだろうと、ホタルは不思議そうな顔をする。

——うちの孫が自分の紅白帽の白い方を、青く塗ってしまったのですよ。

ああ、なるほど、それでは買わなくちゃいけませんものね、と母は調子を合わせた。

——今日は、伯母の見舞いに——。

甥氏がそういったので、ホタルたちはようやく、ツエ子さんがこの病院に居ることを知った。入院したとは聞いていたが、亀井さんと同じ建物に居たなんて……ホタルは複雑な因果を感じる。小学生だから、「複雑な因果」なんて言葉はわからなかったにしても。

――伯母はもう、ほとんどの時間を眠って過ごしています。親戚の人たちが、かわるがわる様子を見に来ていた。ツエ子さんはずっと、甥や姪を自分の子どもみたいに大事にしたから、今も皆に好かれているそうだ。

――でも、今日は目を開けていましてね。わたしを見て、笑っていましてね。

そういう甥氏は、嬉しそうだった。

「ツエ子さんが元気で居るのがわかって、よかったじゃない」

「元気と――いえるのかしら。栄一さんに会えなくなって、ガックリきちゃったのね、きっと」

母はぼそりとつぶやいてから、気持ちを切り替えるように肩を揺すった。

「ねえ、次の土曜日、ムーンサイドモールに行かない？」

「えー」

次の土曜日は、亀井さんを誘って、亜佳梨さんの家に行こうと思っていたのだ。でも、ムーンサイドモールこそは、出門大太郎の本丸である。しかも、世界のヘソ商店街から立ち退いた人たちの、新しい出店場所なのである。保科将吾郎の孫としては、敵地を視察するのも悪くない。

（ああいう所は、小学生が一人で行っても、かっこつかないし。下手したら、叱られ

て親を呼ばれるし）

ならば、最初から親に連れて行ってもらうのが合理的というものだ。

「いいよ。行こう」

ホタルは、不敵にニヤリとした。

ところが、いざムーンサイドモールを訪れると、楽しくて敵状をさぐるどころではなかった。母は初手から夏物一掃セールというのを目当てにしていたのだが、ホタルも乙女趣味のワンピースを買ってもらったり、可愛い雑貨に目を奪われたりと、ショッピングに熱中してしまったのは、女の本能というものだろうか。

「そうなのよ」

フードコートで餡《あん》かけ焼きそばをぐるぐるかき混ぜながら、母は真面目にいった。

「女性は、買い物をすると脳に幸せ物質が出るって、テレビでだれかがいってたわ」

「その後で、財布や通帳を見て、百倍落ち込むんだよね」

「いやな子ねえ」

母は箸を伸ばして、ホタルのオムライスの真ん中を盗んだ。

「いやだ、信じられない。普通は隅っこを取るもんでしょう」

「ケチャップが付いてなくちゃ、もらう意味がないでしょうが。でも、それほどいうなら、隅っこもちょうだい。なんなら、焼きそばを食べてもいいわよ」

「いらない。そんなに混ぜちゃったの、もらいたくない」

「なによ、胃の中に入っちゃった状態だとでも、いいたいわけ？　ほんといやな子ねえ」

母はよっぽど脳内に幸せ物質が満ちているようで、すごく上機嫌である。父と祖父にお土産を買うといって立ち上がったとき、高校の同級生だというふくよかな女の人に声を掛けられ、楽しそうにおしゃべりを始めてしまった。

母の買い物は長いが、おしゃべりはもっと長いことを、ホタルは経験上知っていた。

(これは、敵をさぐる千差万別のチャンス)

本当は千載一遇のチャンスといいたかったのだが、何はともあれチャンスである。

ホタルは「ちょっと、見て来ていい？」といって、その場を離れた。

＊

気分的には、有能な女スパイになりきっていた。しかし、こちとら前向きかつご都合主義なお子さまではあるものの、いくら何でも敵の秘密がおいそれと見つかるとまでは期待していなかった。

それでも、モールは作戦を胸に秘めて意識を研ぎ澄ましていてさえ、楽しいのだから大したものだ。悔しいが、世界のヘソ商店街を歩いて、こんなにワクワクすることはない。どこもかしこも未来都市か宇宙都市みたいに清潔で整然としていて、一つの建物なのに商店街よりもずっと広い気がする。

歩くうちに、隣接したシネコンとゲームセンターの建物に迷い込んでしまった。そろそろ戻らないと、母に怒られる。そう思って焦ると、よけいに迷った。

来たときと全く別のうす暗い通路に入り込み、途方にくれた。およそ、ショッピングモールともシネコンともいえないような、陰気な場所である。

学校の教室よりも狭い空間を囲むようにして、二本の通路が伸びていた。どんよりと暗くて、どこかセカ小の理科準備室を思わせる。理科準備室というのは、硝子瓶に入れられた、白くふやけたカエルとかヘビとかニワトリの首とかが並んでいる、不気味な場所だ。そこの掃除当番になると、本当に憂鬱なのだ。

(なんでモールに来てまで、理科準備室みたいなところで迷ってるかな、あたし)

さりとて、ここからもどってもまたゲームセンターに行くばかりである。まるで、夜明けに見る夢みたいだ。——時間がないのに待ち合わせ場所にたどり着けず、トイレにも行きたくなるけどトイレも見つからず、目覚まし時計のベルに助けられるまで迷路のような場所をさまようという、いつもの困った夢みたいなのだ。

ただし、これは夢ではないから、目覚まし時計が鳴ることはない。

そのかわりに、目覚ましのベルと同じくらい突然に、強烈な香水のにおいが鼻になだれこんできた。

ホタルは思わず息を止めて、きょときょとと辺りを見渡す。同時に胸がドキドキし出したのは、この匂いに覚えがあったからだ。市役所建設課の石山桜子課長代理が使っている香水である。

（うわ、居たよ）

ホタルが居る場所から垂直に交差する通路の先に、長い髪をパーマでふんだんに膨らませた石山女史が居た。そのとなりでは、ケサランパサラン爺の出門大太郎が笑っている。

（ここは敵の陣地だし、ケサランパサラン爺は社長だから居ても変ではないけど、あの人まで居るなんて）

二人で居る姿はまるで極悪な魔王と、邪悪な魔女の悪だくみのように見えた。

ホタルは中腰でそろそろと近づくと、忘れられたようにぽつねんと置いてあるフェイクグリーンの鉢の陰にしゃがみ込んだ。

「世界のヘソ商店街から移転して来た店舗には、来年からはここにまとめて入ってもらうことにしております」

ケサランパサラン爺が楽しそうにいうので、ホタルは眉をひそめて周囲を見渡した。

（ちょっと。なにそれ）

こんな理科準備室みたいに陰気な場所――悪夢みたいに迷わないと来られないような僻地《へきち》に追いやるなんてあんまりだ。第一、こんな狭い場所では、せいぜい屋台か夜店くらいの店舗しか展開できない。

「せまくて、暗いですね」

石山女史が、うきうきと応じる。ケサランパサラン爺は、ちょぼちょぼと毛の生えた丸い頭でうなずいた。

「家賃が払えなくなったら、当然ですが、退去してもらいますよ」

（やだ。マジ？）

世界のヘソ商店街から移転した人たちには、モール側は無料で場所を提供するのではなかったのか。ひそかに驚いているホタルの耳は、信じられない言葉を次々と捉える。

「あの連中の賃貸借契約は一年更新にしておりますからな」

移転を希望する商店主たちには、別の売り場スペースを見せた。

お客がちゃんと来る場所だ。

しかし、一年後の更新時には店舗をこの理科準備室みたいな陰気な場所に追いやり、家賃も発生する。

しかも、そのさいの家賃は、モールに出店しているほかの店より割高に設定するという。

「われわれも、ボランティアじゃありませんからな。いつまでも、ただで場所を提供できるわけがない。いや、もちろん、連中を追い出すのが目的ですよ。あんな古臭い商売は場末の商店街でこそ成り立つのであって、今の時代には合わない。そんな時代遅れの連中は、滅びるのみです」

ケサランパサラン爺は、満足そうにいって胸を張っている。

（ひどい――）

ホタルはしゃがみこんだまま、塩の柱にでもなった気分だった。十一年生きてきて、これほどの悪党に会ったのは初めてだ。

(子どものとき、一度だけまさえさんに名前を呼んでもらえなかったってだけで、こんなことまでしちゃう?)

ホタルは心底呆れてしまうのだが、それにしても悪党の感受性というのはまったく不思議なものだ。悪党にとって悪事は「良いこと」だから、石山女史なんか嬉しそうにしている。

「商店街の面々には、ここは終《つい》の棲家《すみか》にはなりそうもありませんね」

「いけませんかな?」

「いいえ、ちっとも。商店街の代わりになる場所をあてがうのだから、何ら問題はありません。市道拡張の用地は、是が非でも確保しなくてはなりませんからね」

そういってから、石山女史は整った顔をちくりとゆがめた。

「早く強制執行に持ち込みたいのですが、上が弱腰なもので——」

「あなたが全権を握ったら、簡単なことなんですがね。それにしても、石山さんは欲がない。たかだか、市役所の課長になるのが夢だなんて……」

ケサランパサラン爺の声に、嘲るような響きが加わった。

途端、石山女史が憤慨した様子で肩を揺する。それが空気の波を発生させた。こってりと香水のかおりを乗せた空気の塊が、ぶわわわわと押し寄せてくる。

ぶはっくしょい。

ケサランパサラン爺が、高齢者らしいしわがれた声を上げて盛大にくしゃみをする。

一瞬遅れで鼻を襲った香水の気流にむせて、ホタルも「はっくしょん」と実にオーソドックスな声を発した。

「だれ!」

石山女史の顔がこちらを向く。美しい顔が引きつって、真っ赤な唇が怒りの形にゆがみ、大変に恐ろしい形相になった。

(あわわ……)

分別の間などなかった。

ヒールを鳴らして近づいて来る女史から逃げるため、ホタルはビックリ箱の中のピエロのように飛び上がると、駆け出した。ゲームセンターと逆方向を選んだのは、その方が石山女史の視界から早く逃げられそうだったからだ。

この先に何があるのか、見当もつかない。

巨大冷凍倉庫なんかに追い込まれて、そこでカチンコチンに凍らされてしまうとか。

地下牢《ろう》に押し込められるとか。

落とし穴で落とされた先が、ワニの居るプールだとか。

祖父といっしょに観る映画みたいな想像をしながら、ひたすら駆けて駆け抜けた。

通路はフードコートの手前にある食品売り場近くにつながっていて、まるで目隠しでも取るみたいに周囲が賑やかになる。

血相を変えて走り込んで来たホタルは人目を引いたが、そんないたいけな小学生を鬼の形相で追って来た石山女史は、もっと人目を引いた。ここでホタルを捕らえようものなら、警察に通報されるレベルで目立っている。

「ふんっ」

石山女史は怖い声といっしょに細い鼻から息を吐き、暗い通路へと引き返して行く。

それを見送って、ホタルはそそくさとフードコートに向かった。母はまだ友だちと、楽しそうに話し込んでいた。

第十二章　その場所へ

翌日の日曜、夕方の六時から建設課の説明会が開かれた。しぶとく残っている商店主たちは、いつもどおりに瀬界町民会館に集められた。

説明会も回数を重ねると、反対派の覇気もうすれてゆく。ことに、前回の石山女史の登場で「ガツン」とやられて以来、おじさんたちは弱気になっていた。そろそろ潮時かもしれないなんてささやき合っている。

ホタルは前回つまみ出されたことに少しもめげず、主催者側がいつも遅く来るのをいいことに、すたすたと演台にのぼった。一年生の学級担任みたいに「パン、パン」と手をたたいて、一同の注意を集める。

「皆さん、あたし、すごいことを聞いちゃいました」

ホタルは、ムーンサイドモールで盗み聞きしたことを、ここに集まった商店主たちにすべて話した。衝撃が強すぎて、石山女史とケサランパサラン爺の、微妙な声のニュアンスや笑い方まで覚えていた。それを講談師のように、一同の前で再現したのである。

おじさんたちは、呆気《あっけ》にとられ、驚き、そして怒り出した。

さっきまでの諦め顔はふっとんで、一様にホタルをねぎらってくれる。

「ホタルちゃん、すごい情報だ。なんだか、ボンドガールみたいだぞ」

ボンドガールとは、接着剤のコマーシャルのモデル？

「ホタルちゃんのおかげで、目が覚めたよ。おれ、もう諦めかけていたんだ」

そういったのは、本田電気店の若旦那だ。あちこちから賛同の声が上がった。その中で、祖父だけが、なにやらいじけている。

「そんな大事なことを、どうして昨日すぐに教えてくれなかったんだ？」

「ここで、重大発表したかったから。おじいちゃんに先に教えたら、スクープを横取りされるじゃん」

おじさん方は「そのとおり」「さすがボンドガールだ」などと宴会のように騒ぎ出し、米屋の小島さんがすっと立ち上がった。

「ホタルちゃんが命懸けで敵の魂胆を探り出してくれたんだ。ここで弱気になったら、ホタルちゃんの御霊《みたま》に申し訳がたたない」

「いやいや、あたし生きてますから」

ホタルは笑った。おじさんたちは、以前みたいにすっかり元気になって気勢を上げ始め、そのざわめきにべたべたというスリッパを鳴らす音が重なった。

一同の顔に戦いに臨む緊張感がよぎる。

スリッパの音は、石山女史登場のファンファーレだ。

その背後にはケサランパサラン爺の書生たちが、いつもの揃いの黒服で付き従っていた。

「あなた……」

石山女史は姿を現すと同時に、ホタルをギラリとにらんだ。集った商店主たちの態度から、ホタルが何をしたのか察したようだ。

「つまみ出しなさい！」

石山女史は鋭い声で一喝し、ホタルは再びつまみ出された。

＊

学校から帰ると、角を曲がったところで隣家のおばさんに止められた。

「ホタルちゃん、今、家に近づいたら駄目よ」

「どうしたの？」

おばさんはナマハゲを見た幼児みたいに顔をこわばらせている。

「あんたのおじいちゃんが、怪しい連中に襲われているのよ」

「いやだ、おばさん！　それじゃあ、助けなくちゃ！」

ホタルが飛び出すと、おばさんは慌てて後ろから手をつかんだ。

でも、角から身を乗り出したはずみで、あの黒服の書生たちに囲まれている祖父の姿が見えた。

祖父は暴力をふるわれていたわけではなかったが、今にもそんな展開になりそうな険悪な雰囲気だ。

祖父は敵対する相手には常に喧嘩腰な人だし、黒服の書生たちは何を考えているかわからないけど、友好的でないことだけは確かだ。無事で済むわけがない。

「おじいちゃん！」

思わず叫ぶと、祖父は「あぶないから、来ちゃだめだ」なんてシビアな声を出し、ホタルは何だか悲壮でドラマチックな気持ちになった。優しかった祖父が、悪の組織に抹殺されようとしている——という感じ。

（だれか強い人を呼んで来なくちゃ！）

押さえつけようとするおばさんの手を振りほどいて商店街の表通りに飛び出したとき、近くの交番の警察官が通りかかったのは、まことに出来過ぎた偶然である。いつぞや、深夜に家を抜け出したホタルが、酔っ払いにチクられて捕まりそうになった、あのおまわりさんだった。

「おまわりさん、助けて！　おじいちゃんが怪しいやつらに懲らしめられている！」

後で祖父自身に指摘されたが、「懲らしめられている」というのは、悪事を行った者に対するいい方で、こちらは善良な高齢者なのだから当てはまらないとのこと。おじいちゃんが、怪しいやつらにいじめられている、じゃどう？　それじゃあ、まるでおじいちゃんが弱虫みたいじゃないか。

この先、そんなやり取りをしているわけだから、祖父は大事には至らなかった。警察官が駆け付けたので、怪しいやつらは逃げ去ったのである。

「警察から逃げるなんて、自分たちの悪さを証明したようなもんだ」

「だよね！」

かつて、同じおまわりさんから逃げたことを忘れて、ホタルは大きくうなずく。

そんなやり取りをしていたら、米屋の小島さんがやって来た。緊急の用件――しかも、あまりよろしくないことらしく、小島さんの顔には苦悩とそれから少しの愉快さがにじんでいた。

「高梨《たかなし》さんが、敵方に寝返ったぞ」

小島さんは戦国大名みたいなことをいったが、それはつまり、世界のヘソ商店街の現状が戦国時代さながらだからである。

で、その高梨さんというのは古書あるまじろの店主で、祖父の一年後輩の幼なじみだ。子どものころは、本洛寺の住職たちとも一緒になって遊んでいた仲である。つまりは、六十年来の祖父の子分だ。

「しかも、色仕掛けにやられたらしい」

「色仕掛け？」

ホタルが興味津々という顔をしたので、祖父はちょっと困ったが、それより話を聞くのが先だと思ったようだ。小島さんもまた、早く話したくてうずうずしている。

「あの課長代理のハニートラップに引っかかったんだ」

「ハニートラップ……」

ホタルは目を丸くした。

つまり、高梨さんは石山女史にたらしこまれ、祖父たちを裏切った。女史に頼まれるとおりに、商店街からの立ち退きを決めたというのである。

「たっちゃんの大馬鹿もん！」

祖父は憤然とこぶしを握って、歯の間から絞り出すようにいった。——たっちゃんというのは、高梨辰夫《たつお》さんの愛称だ。

だけど、奥さんの怒りは、祖父なんかの比ではなかった。元より夫婦で営んできた古書店だし、これまで断固として移転反対の姿勢できたのだから、今さら方針を変えられても奥さんは納得できない。そもそも、いい年をした旦那が意地悪女の色香に惑わされたなんて、絶対に許せない。

そんなわけで、高梨家は修羅場となっている。

「別に、いい年じゃなくても許せないと思うけど」

ホタルがいうと、祖父と小島さんは腕組みをして「うん、うん」とうなずいた。

「しかし、敵もなりふり構わなくなってきたな」

小島さんがうなるようにいう。ホタルも同感だった。

「ところで、あの美魔女がまさえさんの姪っ子だって知ってたかい？」

小島さんが、声をひそめていった。ホタルたちはまさえさん本人から聞いてとっくに知っていたけど、微妙な話題なので、初耳みたいな顔をして驚いてみせた。いささかわざとらしかったが、小島さんには気付かれなかった。

「こないだ、ホタルちゃんがあの女をギャフンといわせただろう。それで、焦ったんだろうな。あの美魔女がまさえさんに圧力を掛けたらしいよ」

「圧力？」

ホタルは、台所の圧力鍋を思い浮かべながら訊いた。祖父はもっと深刻な胸騒ぎを感じたらしく、顔に警戒の色を浮かべる。

「まさえさんに、おれたち立ち退き反対派とは距離を置け、とくに将さんとは付き合うなと迫ったそうだ」

「なによ、それ」

ホタルは憤慨して高い声を出し、祖父は低い声でうなった。

＊

その週末は、世界のヘソ夏祭りがあった。

商店街の恒例行事で、七夕飾りを飾ったり、福引があったり、生バンドの演奏があったり、商店街の売り出しがあったり、フリーマーケットがあったり、近隣の農家の直売があったり――と、楽しいお祭りである。

今年に限っては、商店街を去った店も多くて、いつものような賑わいがないように見えた。それは始まる前から予想できたし、祖父がまた落ち込むのが目に見えていたから、ホタルはクラスメートの誘いを断って祖父のそばに居ることにした。

「なんだ、下手くそだなあ」

祖父は小島さんのマジックショーを見て、ステージの下からヤジを飛ばしたりするのだが、痛々しい空元気に見えてしまう。それでもホタルと二人で、BGMに合わせて肩でリズムを取った。見れば、観衆の皆が同じようにしている。こうした祭りは一年のうちに春夏秋冬の四回あるのだけど、音楽はなぜか決まって『東京音頭』で、いつも来ている人は体に音楽が刻み込まれているのである。

「ハァ　踊り踊るなら　チョイト　東京音頭　ヨイヨイ」

「花の都の　花の都の真中《まんなか》で　サテ　ヤットナ　ソレ　ヨイヨイヨイ」

無意識に歌いながら歩いていると、まさえさんの姿が見えた。近所の女友だちと、直売所の野菜を物色している。

「まさえさん！」

ホタルは無邪気に声を掛けた。

まさえさんは振り向いたが、ちょっと顔が引きつっていた。そして、そそくさと視線を逸らして離れて行ってしまう。祖父の方は、見もしなかった。小島さんがいっていたように、あの石山女史に強要されてのことだろうか。タコ増への仕打ちやモールへの移転問題などさんざん反則技を使った上、こちらの人間関係にまで亀裂を入れてくるなんて――。

（腹立つなあ）

腹が立つ。そして、それ以上に祖父が気の毒だ。祖父は六十年以上も、まさえさんのことが好きなのに。ようやく関係が修復できそうだったのに。

「おじいちゃん！」

「うん？　どうした？」

祖父は健気に笑ってみせる。ああ、涙ぐましい。

「ええと――ええと――。あ、そうだ。福引しようよ」

出がけに、母から福引券を渡されたことを思い出した。ホタルの天真爛漫《てんしんらんまん》さにほだされた祖父は「いいとも」とか「特賞を引いちゃうぞ」とかいって、賛成してくれた。

福引所は行列ができていたけど、あいにくと立ち話ができる知り合いもいなかった。祖父はなぜか唐突に、植物の光合成の話を教えてくれた。ホタルはいたく感心したが、祖父としてはまさえさんにつれなくされて動揺し、黙ったままでは間がもたず、しかし孫と話すのにこれといった気の利いた話題をほかに見付けられなかったようだ。

「じゃあ、ホヤなんかも酸素を出すの？」

「いや、ホヤは動物だから二酸化炭素を出すなあ」

「マジ？　ホヤって動物なの？　それって初耳。友だちにも教えてあげよう」

「いや、教えない方がいいと思うぞ」

そんなことを話していたら、順番が来た。

二人の券は、それぞれ一枚ずつである。

ホタルは三等のテディベア裁縫キットがほしかったのに、何だかわからない特別賞を出してしまった。紫色の玉が転がり出るのを見て係の人も行列の人たちもどよめいたが、わたされたのは指先くらいの大きさのオレンジ色の物体だ。それが二つ、小さなビニール袋に入って、ホッチキスで留めてある。

「特別賞、耳栓です！」

賞品授与担当が、うやうやしい声を張り上げた。ホタルは、少しも嬉しくなかった。

続く祖父が引き当てたのは、二等の「餅つきセット」だ。

「おお、餅はできたのを買うと高いからなあ！」

さっきまでとは違い、祖父の顔が本当にぱあっと輝いた。

「保科さん、おめでとう。お孫さんに、美味しいお餅をついてあげてください」

そんな激励とともに渡されたのは、ちょっと小さ目だけど本物の臼と杵《きね》だった。

その場に居た人たちがいっせいに拍手してくれたので、祖父は引き下がれなくなったようだ。自力で家まで持ち帰って、ぎっくり腰になった。

＊

ホタルはクルマの助手席で、菓子パンを食べている。

夏祭りの翌日の日曜である。亀井さんのクルマに乗せてもらって、亜佳梨さんの家に向かっていた。亀井さんとしてはもっと早く行きたかったのだけど、一人で行くのは何だかストーカーみたいな気がして、ためらっていたのだそうだ。

「じゃあ、あたしが誘ってあげたこと、感謝してね」

「ところで――」

亀井さんの笑顔には、不安や心配が混ざっている。

「ホタルちゃん、おうちの人にはいってきたんだろうね」

「まさか。なんで？」

ホタルは非常識な人間を諭すような顔をした。亀井さんは慌ててポケットからスマホを出して、ホタルにおしつけた。

「駄目じゃないか。今からでもいいから、連絡を入れなさい」

「やだよ」

ホタルは「大人はこれだから」と、呆れたようにかぶりを振った。

「あたしは、女子児童だよ。すぐに帰って来いとか、うるさくいわれるに決まってるもん」

「それが、世の中の常識ってもんだよ」

亀井さんの真面目な顔を出て、ホタルは鼻で笑う。

「そんなことを気にしてたら、魔法界は一巻の時点でヴォルデモート卿《きょう》に支配されてたね」

「いやいやいや。それは、本の中の話でしょ」

「そんなことよりさ、あの石山課長代理ってめっちゃくちゃ怖いよね」

ホタルは強引に、話題を変えた。でも、あまりにも同感だったらしく、亀井さんはあっさり電話のことを忘れてうなずく。それも、相手はここに居ないというのに、声なんかひそめている。本当に、よっぽど、怖いらしい。

「なんで、あの人、あんなにキツイ性格なのかなあ」

「う、うーん」

小学生に聞かせる話でもないし、公務員だから職場のことをぺらぺら口外するのもはばかられるだろうし、そもそもホタルは建設課と対立する保科将吾郎の孫だから迂闊なことはいえないし——。でも、亀井さんも鬱憤がたまっていたのか、ぼそぼそと同意することはした。

「あの人は、課長になりたがっているんだよね。すっごく、課長になりたいみたいだよ」

「ふうん」

——たかだか、市役所の課長になるのが夢だなんて……。

ムーンサイドモールで盗み聞きしたとき、確かにケサランパサラン爺がそういっていたのを思い出す。

ケサランパサラン爺は呆れていた様子だが、それはホタルも同じだ。人をだまして商店街をつぶしてまでなりたい課長とは、宇宙の支配者とかなのか？

亀井さんは「確かに、怖いけど」といったきり口をつぐんでしまった。悪口がきらいなのかもしれないと思い、ホタルはまたさりげなく話の方向を変えた。

「亜佳梨さんって、どんな人なの？」

大怨霊になってしまった亜佳梨さんは、この世の人ではない。そうかといって、どの世の人でもないから問題なのだが――。それでも、「どんな人だったの？」と過去形でいわなかったのは、亜佳梨さんを慕っていたらしい亀井さんへの気遣いだ。祖父といい亀井さんといい、男の純情は赤ちゃんの泣き顔みたいにデリケートなのだ。

「彼女は、すごく感じの良い人でね。育ちがいいっていうのか、おっとりしていて、でも仕事は丁寧で、それからめったに居ないくらい親切な人なんだ。ぼくが買ったお弁当に割り箸が付いてこなかったときなんか――」

亀井さんは、いかに亜佳梨さんの人柄が優れているか、他愛のないエピソードを次々と披露した。

「亀井さんって、本当に亜佳梨さんのことが好きなんだね」

「え……」

亀井さんは絶句し、そして大いに慌てた。ハンドルを持つ手がぶれたので、車体が揺れてホタルは悲鳴を上げた。

（この人、大丈夫か？　やっぱ、うちに連絡しといたほうがよかった？）

亀井さんは「ごめん、ごめん」といいながらも、耳まで赤くなっている。何て純情な人なんだと、ホタルは感心するよりも呆れた。亜佳梨さんに恋をしていたことを、本人はバレていないつもりだったのだろうか。

「実は、そうなんだ——。でも、亜佳梨さんに面と向かうと緊張しちゃってさ、何いっていいかわかんなくて、すごくつまらない男になってるって、自分でもわかるんだ。せめて、退職するときくらい、インパクトのあることいいたかったんだよ。ていうか、いっそ告白しようと思ったんだ。それなのに——」

「うんうん。それなのに、どうした？」

「やだな、おれって小学生を相手に、何をしゃべってんだか」

「小学生相手だから、いえるのかもよ。職場の人には、いえないでしょ。あの課長代理になんか、絶対にいえないよね」

「うん……」

　ホタルは冗談交じりのつもりだったのに、亀井さんは黙り込んでしまった。何か悪いことでもいったかなと思っていたら、ようやくぽつぽつと話し出す。

「彼女さ、両親が亡くなって、天涯孤独になっちゃったらしいんだ。一人っ子で、近くには親戚も居ないみたいだった」

「へえ」

だったら、なおさら好きだといってあげたらよかったのに。亜佳梨さんの、暗い様子を思い出したとき、クルマが目的地に着いた。

乾家は広い敷地《しきち》におしゃれな塀をめぐらせた、立派な家だった。だけど、門は閉ざされて、庭は雑草が茂り放題である。人の気配が、まったくしないのだ。

「…………」

ホタルはその場所に底知れない寂しさを感じ取った。世界のヘソ商店街のド真ん中にある、あのお化け屋敷――折原家の大きな空き家に似た、見捨てられた建物の気配だ。この建物もまた、亡霊になりかけている気がする。命のないものでも、そこに生きていた人たちを失ったら、寂しくて死んじゃうのだ。

ここにはだれも居ない。

それなのに、亀井さんはせっせと門に付いた呼び鈴を押している。

通りかかった中年女性に、ホタルはついすがりつくような目を向けた。それに気付いたようで、中年女性は親切とお節介の中間みたいな面持ちで立ち止まった。

「もうずいぶん、そこの家の人を見ないのよ」

「ここの家の人、死んじゃったんですよね」

ホタルがあまりにもストレートな訊きかたをしたので、亀井さんが慌てた。でも、小学生だからか、悪い印象は与えなかった。それに、女性は乾家についておしゃべりしたくて仕方なかったようだ。乾夫妻の人柄とか、亜佳梨さんのこととか、親戚が近くに居ないこととか、乾夫妻の事故と葬儀のこととか、ホタルたちがあいづちも打てないくらい、ぺちゃくちゃと話し出す。

「亜佳梨さんを見かけなくなって、どのくらい経《た》つでしょうか？」

「そうねえ。もう二年にもなるかしらねえ。普段のお付き合いがなかったから、よくわからないけど」

女性は、そんな感じで話を締めくくった。ホタルたちは乾家の門前にたたずみ、おしゃべり好きな女性の後ろ姿を見送った。

「やっぱり」

ホタルがつぶやくと、亀井さんは「どうしたの？」といってこちらを見下ろした。

「亜佳梨さんのＳＮＳなんだけど、一昨年に別荘に行ったって書いてて、それからずっと更新がないんだ」

「ああ、ＳＮＳ……」

亀井さんはショックを受けたような顔をしている。

「どうしたの？」

「ぼくは、なんてバカなんだ」

SNSのことに気付かなかった自分を責めている。

「仕方ないよ。アカウント持ってないと、検索エンジンじゃヒットしないかも」

「え、そうなの？　ああ、ぼくはどうしたらいい？」

「アカウント作っちゃえば？」

「そういうもの……？」

亀井さんはチノパンからスマホを出して、せっせと個人情報の入力を始める。勝手のわからない画面と格闘した末、亜佳梨さんの名前を入力した。

「あった――ほんとだ」

「やっぱ、別荘のこと書いてから更新してないでしょ」

ホタルは亀井さんのスマホを覗き込む。うすくて画面が大きくて、父のおさがりのノートパソコンの百倍くらいカッコよかった。ホタルも中学生になったら買ってもらえる予定だが――。その前にセカ小が廃校になると思うと、楽しみなんだか憂鬱なんだか判断に困る。

「その別荘に行ってみよう」

「行くったって、どこにあるかわかるの？」

「ちょっと、待っててね」

亀井さんはスマホを耳にあてながら、ホタルから離れた。別にここで話してもいいだろうにと思いながら、ホタルは門の前に取り残されて、遠くで電話を掛ける亀井さんを見守った。乾家の別荘の場所を調べているのだろう、通話して切り、また掛けては切りを繰り返していたが、ようやく戻ってきた。

「じゃあ、行こうか」

「場所、わかったんだ？」

「うん」

亀井さんは不思議な作り笑いをした。どこかびくびくしているように見えた。亡くなっている亜佳梨さんを見付けに行く。だから、怖がっているんだ、とホタルは思った。

「途中でコンビニに寄ってくれる？」

「おなかすいたのかい？」

「ううん。おしっこ」

国道に入る前の角にコンビニがあったので、ホタルは用を足し、亀井さんはお弁当とおやつを買ってくれた。

「亀井さんはトイレに行かなくていいの？」

ＳＮＳの写真で見た別荘はずいぶんと僻地にあるみたいだったから、途中でトイレに行きたくなったら困るだろうと思って訊いた。実はホタルも用心のために寄ったのであり、それほどトイレに行きたかったわけではないのだ。

「ぼくは大丈夫」

「山の中で立ちションするんだ？」

「そんなこと、しません！」

亀井さんはムキになっていう。

果たして、乾家の別荘に向かって走るクルマは、市街地を抜けて田舎の住宅地を抜けて、河原を抜けて畑地を抜けて、どんどん山の中に入って行った。最後にバス停を見たあたりから夏の濃い緑が両側から迫り出《せだ》して、アスファルトが途切れたときには、さすがに不安になった。

「亀井さん、大丈夫なの？」

「大丈夫なはず……」

元より頼りないところのある亀井さんが心配そうな視線をよこすので、ホタルはいよいよ不安になった。

「腹が減っては戦ができないっていうし。クルマを止めて、お弁当を食べよう」

時計を見たら十一時四十分である。少し早いけど、昼食にした。

支払いのときに温めてもらったのり弁は、やっぱり冷めていたけどおいしかった。亀井さんがおごってくれるというので、プリンやらケーキやらスナック菓子やらたくさん買って、ちょっと楽しい。

ホタルが上機嫌で食事をしている間も、亀井さんは焼きそばパンを片手に、スマホの地図アプリとかクルマのナビとかにらめっこしている。

「じゃ、行こうか」

心ここにあらずといった面持ちで、亀井さんはエンジンを掛けた。

未舗装の道は四次元に通じているのではないかと思うくらい延々と続き、その旨を口にすると、亀井さんは義務を果たすように無理に笑った。ホタルとしては、笑われるより「大丈夫」といってほしかったのだが。

「あ。スイカの直売所！」

不意に、亀井さんが嬉しそうな声を上げた。

道に即席の小屋があって、段ボール紙に手書きの文字とイラストで「スイカ、あります！」と書いてある。スイカが買いたいのかと訊くと、亀井さんは「違うよ」とかぶりを振った。

「道に迷ったなら、ぐるぐる回っているはずでしょ？　でも、あのスイカ屋さんは初めて見るもんね」

亀井さんは、勝ち誇ったようにいった。

「迷うといっても、間違った道をどんどん進むというパターンもありだと思うんだけど」

「大丈夫だよ！」

亀井さんはようやくホタルの希望どおりの言葉を発したが、そこから先がいけなかった。

行けども行けども、一定の間隔を置いてスイカの直売所が現れるのだ。てきとーな段ボール紙の看板といい、小屋の造りといい、ちっとも売れていない感じの（買う人が居ないんだから、当然といえば当然）山積みのスイカといい、同じ場所であることは明らかだ。

「亀井さん、また同じところに来た」

「そんなバカな……」

大丈夫じゃない状態に陥ったことを知り、亀井さんは青ざめている。

直売所を過ぎ、左に折れた道の半ばで名前のわからない赤い小さな花をつけた木の横を通り過ぎ、しばらく走るとまたスイカ直売所に出る。

「方向が変だ！」

同じ道を回っているにしても、これではスイカ直売所が九十度の角度で回転しているみたいじゃないか……などと亀井さんがよくわからない悲鳴を上げる。そして、また同じスイカ直売所が現れるのである。

「あ——亜佳梨さんだ！」

店番の人も居ない直売所の前に、髪の長い女の人の姿が見えた。今日も白いシンプルなワンピースを着ている。細い手を後ろに組んで、スイカを物色するように少し前かがみになっていた。

「どこ？　どこ？」

亀井さんはきょろきょろしながら、直売所の前を通り過ぎてしまう。

そのとき、さっきはなかった横道が現れた。

本当に、騙し絵みたいに、これまで存在しなかった細い道が出現したのである。

——今までの道のりがループではなく、ひたすら前進していたというのなら、話は別だが。

不思議な細道は、相変わらず舗装されていないからデコボコで、スピードを出さずに五分ほど走った。

そして、視界が開けた先に、一軒家があった。

第十三章　別荘にて

表札があったので、すぐに乾家の別荘だとわかった。

でも、ようやく着いた、と安心するのはまだ早い。

クリーム色に塗られた木造二階建ての洋館は、絵本の中の家のように可愛らしくて華奢《きゃしゃ》な印象さえあるのに、敷地を囲む塀は高くて頑丈そうで、鉄製の門もまた輪を掛けて高く頑丈そうなのだ。

内側に閂《かんぬき》式の鍵が付いていて、外からは開けられそうもない。

門のわきに付いているインターホンもまた、予想どおり、いくら押しても何の反応もなかった。

亀井さんが途方にくれる横で、ホタルは頓狂な声をあげる。

「ああ、思い出した！」

「え？　どうしたの？」

「ええと、なんでもない」

世界のヘソ商店街で起こっている怪奇事件の一つ——アヤメ祭りのスナップ写真が、どことも知れぬ廃屋の画像に変わっていた。その廃屋とは、目の前にあるこの乾家の別荘だったのである。ホタルも回覧板で見たけど、それは明らかな心霊写真で、とても不気味だと思ったものだ。

でもこうして実物の建物を目の当たりにすると、写真で見たような荒涼とした雰囲気は感じられなかった。日差しの加減だろうか、町場の乾家住宅よりも、すがすがしい気がするほどだ。けれど、やはり人が居る気配はない。

(亜佳梨さんが商店街に出没した。亜佳梨さんの別荘が怪奇現象に出てきた。——うーむ、つながっているよね)

とはいえ、亀井さんはやはり建設課の人なので、商店街に関するネガティブな情報は耳に入れたくない。

一方の、亀井さんはというと、別のことに気持ちが行ってるみたいで、ホタルにごまかされても気にしていなかった。ホッとしたホタルだが、亀井さんが目の前の鉄の門によじのぼり始めたので、慌てる。

「ちょっ、ちょっと、亀井さん。何してんの！」

「見て、ホタルちゃん。ずっと奥にクルマが停めてあるでしょ」

「ん？」

門の鉄格子を両手で摑《つか》んで、庭の中を覗き込んだ。ずっと奥の木陰に、車種はさだかではないが、赤いカッコいいクルマが停まっていた。

「亜佳梨さんのクルマは、赤いアウディだよ。エンブレムは、輪っかが四つ」

「うーん」

目を凝らしてみると、確かにそんなマークが見える気もする。つまり、亜佳梨さんはこの家に居るということだ。二年前、ここでSNSに投稿して以来、ずっとここに居るということなのだ。

（だから、だれにも知られなかった）

死んでいることを。

亀井さんは危なっかしい動作で、腕なんかぷるぷる震わせながら、懸命に門によじのぼっている。

「何をしているのかな？」

背後で、男の人の怒ったような声がした。

まったく予期していなかったから、ホタルは飛び上がるほど驚いた。

亀井さんは、ちょうど門のてっぺんにたどり着いたところで、平衡を失って危うく転げ落ちそうになる。その様子を見上げてから、ホタルはおそるおそる振り返った。

「何をしているのかな?」

後ろに来ていた人たちは、そう繰り返した。自転車にまたがった二人の警察官だった。

「え——あの」

驚いて言葉につまるホタルだが、同時に疑念がわいた。

この二人、世界のヘソ商店街近くの交番のおまわりさんと同じスタイルではあるものの、山の中を自転車でパトロールするのは、いささか無理に思える。いや、パトロールをするにしても、人間が居そうな建物なんて、あのスイカの直売所とここの別荘くらいのものだ。熊の出没を警戒しているのだろうか? でも、この辺まで出歩くことを禁じられたら、熊が気の毒だ。では、この人たちは何をしているのか? 本当に警官なのか?

などとホタルはおまわりさんたちを怪しんでいたのだが、彼らもまたこちらを怪しんでいた。ホタルたち——というか、まさに家宅侵入をしつつある亀井さんなんか、れっきとした不審者だ。

亀井さんは自らの怪しさに気付いていたから、慌てて門からこちら側に降りて、弁解を始めた。

「ぼくは、市役所の建設課の職員で亀井健司《けんじ》といいます。年齢は三十二歳です。住所は——ちょっと、待ってください」

急いでクルマにもどり、免許証を持って来た。それを渡すと、身振り手振りを交えて必死で説明を始めた。あまりに必死な感じが、かえって怪しいのだけど。

「ここはぼくの同僚の——いや、部下の——いや、部下じゃないな。非常勤職員の——つまり同僚の——いや、ぼくは非常勤じゃないですが——ともかく、うちの職場に乾亜佳梨さんって人が居たんですけど、連絡が取れなくなっちゃって。ついさっき、実家にも行って来たんですが、ずっと居ないみたいで」

「連絡が取れないとは、どのくらい前から」

「二年くらいです。というのは、彼女の家のご近所さんがそういっていたんですが」

「二年間も行方不明？」

「行方不明っていうか、正確にはぼくが彼女に二年以上も会えてないっていうか」

二人の警察官は顔を見合わせた。

亀井さんは、亜佳梨さんが亡くなっているはずだとはいわなかった。そんなことを口に出したくなかったのか。それとも、ますます怪しい人に認定されるのを避けたのか。

この悶着《もんちゃく》でホタルが最も驚いたのは、弁解ともいい逃れともつかない、亀井さんのしどろもどろな説明に、警官たちがあっさりと納得したことである。この辺りは熊も目撃されているから注意するようになんていって、自転車に乗って立ち去ってしまった。

（ちょっと、ちょっと。こっちは明らかに忍び込もうとしているんだから、おまわりさんたち、ちょっと甘くない？）

ホタルが眉をひそめている間に、亀井さんは改めて門によじのぼり、乾家の敷地に侵入した。鍵を開けてホタルを招き入れると、さっきより堂々とした態度で長いアプローチを歩き出す。

ホタルは開けたままの門を振り返りながら、亀井さんを追いかけた。

「門を開けたままで大丈夫？　熊が入って来ないかな？」

「大丈夫だよ。熊ってのは、本当は臆病なんだから。わざわざ人間の家になんか、来ないって」

亀井さんは大股でどんどん先に行く。ホタルはまだ門を開けていることが気になって何度も振り返ったが、耳元をスズメバチが羽音も猛々《たけだけ》しく横切ったので、慌てて先を急いだ。

乾家の別荘は、建物はそんなに大きくないのだけど、庭がとても広い。雑草が伸び放題で、長いこと手入れされていないのがわかる。元から植えられていたカンナやヒマワリやグラジオラスなどの夏の花もすごい勢いで伸びていて、不思議と調和した美しさを保っていた。

途中、亜佳梨さんの愛車だという赤いアウディが停められているのも間近で見た。窓も車体も泥や雨粒や鳥のフンで汚れている。

「ホタルちゃん――」

玄関で、亀井さんが立ち往生していた。

「門はよじ登ったけど、さすがにこれは――」

目の前には、木製のとても頑丈そうなドアが立ちはだかっている。こちらにもインターホンが付いていたけど、いくら押しても反応がないとのこと。

「まさか、鍵が開いてるとかって――」

期待もせず、ノブを回してみた。

施錠による抵抗もなく、あっさりと開いたから、ホタルは今さらだけど驚いた。見開いた目を亀井さんと見交わしながら、おずおずと玄関に上がる。

「あのう。ごめんくださあい」

小声で唱え、返事がないので少し声を張り上げ、それでも返事がないので無断で家に入ることにした。とっくに不法侵入しているんだから、ここで引き返すなんて選択肢はない。

靴を脱いで、めいめい自分のためのスリッパを玄関マットの上に載せた。

乾家の別荘は、広くて片付いていて、趣味が良くて、絵本みたいに端整である。田辺の家もまさえさんの家もステキだけど、ここはまた別格だった。別荘だけあって生活より美観を重視しているから、その分だけいっそう見栄えがするみたいだ。

しかし、どこもかしこも、うっすらと埃《ほこり》が積もっていた。ホタルたちの歩いた跡が、廊下にくっきりと残る。そして、甘いような、頭痛をさそうような、変な臭いがした。リビング、ダイニング、キッチン、書斎、客間……どこにもだれも居ないし、どの部屋も片付いて、おなじくらいの埃が積もっている。窓が締め切ってあるのに、なぜか涼しかった。いや、寒いといっていいほどだ。埃と寒さのせいで、亀井さんはさっきからくしゃみが止まらなくなっている。

「亀井さん、大丈夫？」

「大丈夫、大丈夫」

　ポケットティッシュをぷしぷしと引っ張り出しながら、亀井さんは快活にいった。顔色が良くないから、空元気のようだ。

　亀井さんは、はなをかみながら階段をのぼる。ホタルは、その後に付いていった。階段は、どうしたわけか廊下よりも埃が多かった。

　二階は広くない。家族三人分の、私室というか寝室が「L」の形に並んでいた。

「失礼しまぁす」

　端からドアを開いてみる。無人の部屋は、閉ざされたカーテンから、昼下がりの陽光がもれていた。そこは乾氏の部屋のようで、調度が重厚で渋くて高級そうだった。

「だれも居ないね」

　申し訳のようにそう唱えて、真ん中のドアを開けた。そこは乾夫人の部屋だと、すぐにわかった。陶芸家らしく、自作の陶器や難しい抽象画が壁に飾ってある。ここもまた、厚いカーテンが引かれて、部屋は薄闇に覆われていた。

「どうもぉ」

　失礼しましたぁだとか、だれも居ないなぁなどとつぶやいて廊下に出る。そのときには、家中に充満していた臭気が、むせかえるほど強くなっていた。

「…………」

ホタルは左手で鼻と口を押さえて、三つ目のドアノブに手をかける。

その横から、亀井さんが「ぼくが——」といってホタルを避けさせた。素直に従うホタルも、顔を青ざめさせた亀井さんも、一瞬の後にわかる事実を、実はとっくに見抜いていたのだ。

だから、開きかけたドアの隙間からコバエの群れが飛び出してきたときも、そんなに驚かなかった。ドアをあけ放って、白い革張りの一人掛けソファに座っているものを見ても、二人とも悲鳴はあげずにただ硬直した。

それは、白骨化した人間の遺体だった。

長い髪の毛がなかば頭にくっついて、残りの半分は抜け落ちていた。

不思議なことに、廊下に居たときよりも悪臭はひどくない。

ほかの二部屋とちがってカーテンが開いてあり、白骨のすみずみまでよく見えた。

奇妙なことだが、部屋が明るいせいなのか、その遺体はとても健康的な感じがした。

「乾——亜佳梨さん」

ホタルが、語り掛けるようにいった。

「はい」

白骨は返事をした。若い女性の声だった。

当然のこと、ホタルと亀井さんは仰天した。

そして、声が目の前の白骨の口から出たというよりは、背後から聞こえたことに気付き、振り返る。

「すみません、どうも——」

そこには、ホタルの知っている女の人が居た。

長いストレートの髪を真ん中分けにして、白いワンピースという、現代の幽霊スタイルの美人だ。いろんなシチュエーションでもう何度も会ったことのあるその人は、やっぱりきまり悪そうにしていた。

第十四章　ふざけているのか、怖いのか

「亜佳梨さん！」

ホタルと亀井さんは同時にいって、同じ動作でその人と白骨死体を見比べた。同じリズムで二人の顔が左右に動くのがおかしかったみたいで、亜佳梨さんは遠慮がちに笑った。

それを見て、ホタルは自分の心をさっとスキャンしてみた。

（あれ？）

自分の中に、亜佳梨さんに対する恐怖がどこにもないことに気付く。亀井さんもまた、白骨死体を発見したことはショックだったのは確かだけど、目の前の懐かしい人に対して恐れを抱いている様子はない。

「ありがとう」

亜佳梨さんは、内気そうだけど晴れやかにいった。

（そっか……）

ホタルたちがこの白骨死体を発見したから、亜佳梨さんは怨霊でなくなったのである。

この瞬間、田辺も亜佳梨さんを怖がらなくてよくなったわけだ。世界のヘソ商店街でも、亜佳梨さんに怯えて立ち退きが加速する心配も解消したことになる。

とはいえ、亜佳梨さんが亡くなった理由がわからない。亡くなってしまった人は、もう生き返らない。だから「良かった」なんていえるはずもなく、ホタルは困っている。

「あの――窓を開けてもらえないでしょうか？　わたし、これだからものを動かせなくて」

これだから、といったときに、幽霊っぽく両手を胸の前でだらりと垂らして見せたのは、亜佳梨さんのせいいっぱいのユーモアだったようだ。ホタルは「ごめん、ごめん、気がきかなくて――」と、いかにも老成した子どもみたいなことをいいながら、窓を全開にした。そんな間にも、ホタルはやっぱり困っている。

悪臭が外に逃げ出すのが、わかった。

かわりに入って来た外気は、ひどく暑い。夏らしく、正常な暑さである。いや、流れ込んできたのは、時間だった。二年間滞っていた時間が、やっと動き出したのだ。

それでようやく、ホタルは息がつける気がした。亀井さんも、亜佳梨さんも、同じような表情になる。亜佳梨さんは呼吸はしていないだろうけど。

「死臭です」

亜佳梨さんは、ぽつりといった。

「わたし、死んだらしいんです。一昨年、ここに来たときに——」

「えっと、あの」

ホタルたちは戸惑いながら顔を見合わせ、亀井さんが「何があったの？」と訊いた。

「蜂に刺されたんです」

「蜂？」

ホタルは、きょとんとする。

怪談では、虫刺されの薬が召喚アイテムだった。実際に、真夜中の交差点に虫刺され薬を持って行ったら、本人に会えたのだ。

「蜂に刺されて死んだから、虫刺されの薬にこだわってたの？　でも、蜂に刺されて、死んじゃうものなの？」

「本で読んだことがあるぞ」

亀井さんが口をはさんだ。

「蜂ってヤツは、二回目に刺されたときが怖いんだ。最初に刺されたときに、体に毒が入るだろう。それに対して抗体ができるんだよ。ところがこの抗体のせいで、大変なことがおきる。何年か後にまた刺されると、その抗体によってアレルギー反応が起きてしまう」

「抗体ってのは、予防接種とかでわざわざ作るもんだよね？」

「でも、この場合は別。抗体ができたせいで、アレルギーになるんだよ」

「アレルギーって、花粉症みたいな？」

「それより、もっとひどいんだって。呼吸困難とか、血圧の低下とか。そのまま死んじゃうケースもあるって書いてた」

亀井さんとホタルは、つい無神経な視線を亜佳梨さんに向けた。亜佳梨さんは、困ったように長い髪に手をやった。

「わたしも、それなんだと思います。前もここに来たときにスズメバチに刺されたことがあったから、今回っていうか……一昨年で二回目で。それで、やっちゃったーって感じです、かね」

亜佳梨さんは自分の一大事だというのに、雰囲気を明るくしようと懸命になっている。そんなに気を使ってくれなくてもいいのに。そう思っていると、亜佳梨さんの笑顔に痛々しい色が混じった。

「両親が亡くなっちゃったじゃないですか。葬儀のときに、遠くに居る伯父や伯母に強くいわれて、この別荘を売ることにしたんですよね」

——亜佳梨さん一人で、あっちもこっちも管理できるわけがないでしょう。

——おまえは本当に要領の悪い子だから、心配だよ。

亜佳梨さんの親戚は、葬儀のときにやいのやいのとうるさくいった。それは何も悪気があってのことではない。そばに居て面倒を見てやれない分、顔を合わせているときくらい、身を入れてアドバイスしたかったのだ。

伯父伯母の真意はわかっていたが、それでも亜佳梨さんはここを売り払うのはつらかった。この別荘で過ごした楽しい記憶が、たくさんあったからだ。だけど、たった一人で大きな屋敷とこの別荘を持っているのは、やはり手に余るのも確かだ。悩んだ末に、売ることに決めた。だから、最後の見納めにと思って、一人でやって来た。一昨年の春のことだ。

そして、庭で蜂に刺されたのである。

「あとで薬を塗らなきゃと思ったんです。前もここに来たときに刺されたけど、薬で治りましたから。でも、だんだんと気分が悪くなって——」

この部屋で休んでいた。そして意識をなくし、眠ったまま二度と目覚めなかった。

いや、目覚めたら、見知らぬ商店街に居たのである。そこは不思議な場所で、あの世に行ってしまった人たちも、生きている人に混じって買い物をしていた。

しかし、亜佳梨さんはそこに居る人たちとは違っていた。商店街の人たちは、生きている人も命のない人も元気いっぱいで幸せそうなのだ。それに引き換え、亜佳梨さんは居ても立ってもいられないくらい、不幸だった。

「どうしてだか、自分でも説明できないけど、寂しくて悲しくて気持ちが沈んで、本当に苦しくてたまらないの」

おまけに、こちらには皆の姿が見えているのに、亜佳梨さんの存在はだれにも認識されない。

「角度によって、見えたり見えなかったりする絵ってあるよね。ああいう感じなのかな」

「そうなのかしら」

「大怨霊になっちゃってたもんね」

ホタルは、分別らしくいった。

死んだことをだれにも伝えられず、そのせいで何の供養もしてもらえない人は、大怨霊になる。大怨霊に接した人は、それだけで多大な精神的ダメージを受ける。だけど、本人の苦痛はその比ではなかった。どこが痛いとか苦しいというのではないが、憂鬱でいたたまれなくて悲しくて――。

「心の中を百匹のゲジゲジが這《は》いまわっているような感じというか――」

「うわあ、たまんないなあ」

「精神科のお薬を飲めば、良くなるかもと思ったんだけど――」

魂の状態で薬は飲めない。そもそも、病院を受診できない。

「でも、ここからは出られるんだよね。地縛霊じゃないんだ」

「ううん。地縛霊みたい。ほかに行ける場所はここの近所と、あとはあの商店街だけだったもの」

「へーえ」

亜佳梨さんは臨死の混沌《こんとん》から覚めたら、世界のヘソ商店街に居た。霊魂だから間近な境界エリアにだけは行くことができたけど、基本的にはこの別荘に閉じ込められていたのだ。自分の死体と一緒に家に居るなんて、ひどい苦痛にちがいない。亜佳梨さんが頻繁に商店街に出没していたのは、そんな理由もある。

「じゃ、もちろん、日本中のあちこちになんか行けてないよね」

「ええ。でも、なぜ？」

「うーん」

ホタルは考え込んだ。

「つらかったね、亜佳梨さん」

同情した亀井さんは、泣きそうな顔をしている。ホタルも同じくらい気の毒に感じていたが、また別のことも考えていた。

（交差点のアカリさんは、日本中に現れるってことになってる。それは、つまり――）

そういう話を作った人が居るということではないか。

「でもね」

亜佳梨さんの苦痛を軽減してくれた人が居た。

最初に商店街を訪れた（出現した）とき、亜佳梨さんの姿はだれにも見えないみたいだった。周囲では生きている人も亡くなった人も、ごく普通に言葉を交わしているのに。まだ自分が亡くなっているのさえ知らない亜佳梨さんは、パニックに陥りそうになった。

だけど、そんな亜佳梨さんを見付けて声を掛けてくれた人がいた。その人は、亜佳梨さんは亡くなっていることを見抜いていた。

「その人に、お願いがあるといわれたの。聞いてくれたら、死んだことをほかの人にも伝えるし、境界を越えられるように供養もしてくれるって。早くしないと、先に亡くなった家族が生まれ変わってしまう。そうなったら、永久に両親には会えないわよって――」

「わよ?」

つまり、その人物は女性だということだ。

「だけど、その人もちょっと意地悪じゃない?」

ホタルは顔をしかめた。怨霊になるほどの苦難と苦痛に直面している人に対して、交換条件など出す神経がわからない。おまけに、早くしなければ両親に会えないなどというのは、もはや脅迫ではないのか?

「だれなんです、その人?」

「石山桜子さんという、前に勤めていた職場の人です」

「あー、やっぱり」

ホタルはあまり驚かなかった。それで、辻褄《つじつま》が合うと思った。ちらりと亀井さんの横顔を見上げる。亀井さんは目を見開いて、白い顔をしていた。

「その人は、亜佳梨さんに商店街の中を、あっちこっち、うろうろしてって頼んだんでしょ？」

「ええ。でも、どうしてわかるの？」

「そりゃ、わかるよ——」

市道拡張工事は、元はといえばケサランパサラン爺の出門大太郎が世界のヘソ商店街の滅亡を目論んだ陰謀だと、当人がわざわざいいに来た。

石山女史は、その市道拡張工事の斬り込み隊長である。

商店街瓦解がにわかに進んだのは、大怨霊となった亜佳梨さんが出没するようになってからだ。

亜佳梨さんはとても怖いけど、うろうろするだけでだれにも危害を加えていない。まあ、霊魂だから、ひとン家に勝手に入り込めて、すごく迷惑だけど。ともあれ、亜佳梨さんの出没は、建設課と出門爺にはすごく助けになっている。

自分が亡くなったこともわからず途方に暮れている亜佳梨さんに接触したのは、石山女史。女史は幼少時から霊能力で聞こえた人物だ。

「簡単な推理です」

ホタルがいうと、亜佳梨さんは「すごい」と褒めてくれた。

「できるだけ世界のヘソ商店街に来て、お店や家の中に入ってほしいといわれたの。そうすれば、わたしのことが商店街の人にも見え始めるからって。その方が、わたしのためになるんだって」

亜佳梨さんが石山女史の頼みを受け入れてしまったのは、交換条件のためばかりではないだろう。非常勤職員だった亜佳梨さんは、上司にいわれたならちょっとばかり変だと思っても素直に従う。そういうタイプなのだ。

「やだなあ。あの人、亜佳梨さんのためだとかいったんだ？　尻ショックに満ちた人ほど、そういうことというんだよね」

「尻ショック？」

「ひょっとして、私利私欲のこと？」

二人の大人たちにおずおずと突っ込まれて、ホタルは気を悪くした。

「と、ともかく、亜佳梨さんはもうダイオンリョウじゃなくなった。石山さんの作戦は、もう通用しないんだから」

「そうね」

亜佳梨さんは、にこにこした。でも、悲しそうである。無理もないことだ。予期しない事故で家族をいっぺんに亡くして、自分まで蜂なんかに刺されて死んでしまった。無念さからしたら、引き続き怨霊のままで居たいだろうに。

「全然、そんなことない。だって、今、二人に見付けてもらってから、もう気分が全然ちがうの」

「そっか。そんなに、つらかったんだ」

「インフルエンザになったときよりも、盲腸になったときよりも――」

そういって、亜佳梨さんはうつむく。

「両親が亡くなったときよりも、もっとひどい気分だったの」

「…………」

ホタルと亀井さんは、互いに盗み見るようにして、しょんぼりした視線を交わした。亜佳梨さんは、その様子を見て笑顔を作る。

「だから、さあ、商店街にもどりましょう。もう、怨霊は出ませんって、教えてあげましょう。わたしは、皆をおどかしたことを謝って、石山さんのしたことを伝えなくちゃ」

「よし。本洛寺の住職さんに頼んで、お経をあげてもらおうね」

ホタルがいうと、亜佳梨さんは今度は本当に明るい顔になった。

その瞬間、椅子に腰かけた格好の骨が、からからと音をたてて崩れる。窓から強い風が入り込んで、残っていた死臭を完全に消し去った。

「問題が解決したから、三人で乾杯しないかい？」

亀井さんがそんなことをいい出した。

「そういうの、後でいいじゃん」

「実は、のどが渇いちゃって」

亀井さんは、申し訳なさそうに笑う。

「ジュースとか、ないかな？」

「え？　あ、はい。ミネラルウォーターなら、冷蔵庫にあったはずですけど」

「ぼく、持ってきます」

亀井さんは、やけに張り切ってドアに向かう。そそくさと階段を下りていった。

「キッチンの場所、わかるかしら」

「大丈夫、さっき見て回ったから――。あ、すみません……」

あやまるホタルに向かって、亜佳梨さんはうすい手のひらを顔の前で振ってみせた。

「全然、いいの。わたしのためにここまで来てくれて、捜し出してくれて、本当に感謝しているもの」

そういわれて安心したホタルは、この別荘を褒め、乾家のセレブぶりを褒め、亀井さんが亜佳梨さんのことを好きだとバラした。

「やあだ、本当？」

亜佳梨さんは真に受けないで笑っている。美人とは、愛されることに慣れているのかもしれない。ちょっとやそっとの告白では、ビクともしないのかもしれない。いや、これは告白ではなく、密告である。しかも、この世とあの世にわかれてしまった男女には、恋愛など始まりようがない。亜佳梨さんにはまた美人に生まれ変わって、今度こそおばあさんになるまで長生きしてほしい。

なんてことまで考えても、亀井さんはまだ戻って来なかった。

「何やってるのかなあ」

ホタルが見に行こうとしたら、ようやく亀井さんが現れた。水をコップに注いで、うやうやしくお盆に載せている。ホタルはついイライラして、それをごまかすために、亜佳梨さんの方を見た。

「亜佳梨さん、お水飲めるの？」

「大丈夫みたい」

問題なく水が飲めて、亜佳梨さんは自分でも驚いている。今までは気体同然だったので、コップもお皿も持てず、これが亡くなってから初めて口にしたものだという。

「怨霊じゃなくなったおかげかしら」

実際には怨霊から幽霊への昇格は関係なくて、霊魂が触れようとしている物質の霊的属性の有無によるそうだ。これは後日、赤井局長に教わったのだが。

「いろいろ不便だったんだね」

そんな話をしている間にも時間が経ってしまい、ホタルはやる気まんまんといった顔で二人を見る。

「さあ、飲んだから、行こうか」

「ちょっと待って」

亀井さんが揉《も》み手《で》をしながら、もじもじし出した。

「亜佳梨さん、あの——。ちょっとお手洗いを使わせてもらえますか？」

好きな女性にトイレを貸して、なんていうのは気恥ずかしかったようで、亀井さんは目を伏せながらいう。でも実はとっても我慢していたのか、返事を聞く前に急いで部屋を飛び出して行った。

それなら、飲み物を取りに行ったときに済ませておけばよかったのに。二人でくすくす笑ったが、それからまたしても、なかなか戻ってこない。

「何してるんだろう。遅くなっちゃうじゃん」

ホタルはいらいらと腕組みをした。

その後も一向に帰らない亀井さんを待って、「実は、大きい方なんだよ」とか「家の中で迷ってるんじゃない？」なんていっていたら、ようやく階段をのぼる足音が聞こえてきた。

しかし、ホタルは「ん？」と首を傾げた。

べたべたとスリッパの底を鳴らす音に、すぐさま胸の奥が騒ぎ出す。それは亀井さんの足音ではない。あの足音は――。

ドアが開いた。

ホタルと亜佳梨さんは、とっさに、お互いをかばい合うように相手の手を握る。

そして、ホタルはくしゃみが止まらなくなった。すごい香水の匂いが、洪水みたいに鼻になだれ込んできたのだ。

虫刺されじゃなくても、アレルギーになる。そう思って見上げる先、亀井さんの代わりに現れた人は、ホタルに向かってポケットティッシュを差し出した。

「くしゃみが止まらないときは、鼻をかむといいのよ」

「はくしょん、はくしょん、はくしょん」

ホタルは親切を無視して、わざとらしくくしゃみを連発させる。

その人は——石山桜子は、いやな顔をした。

「ほんっと、可愛げのない子ね」

「どうして、ここが？」

鼻をむずむず動かしながらホタルは石山女史を睨み、それから亜佳梨さんを見た。

「…………」

亜佳梨さんは、慌ててかぶりを振る。

「ここの住所は教えてないわ——」

いい終えるより早く、石山女史の赤い口から鋭い声が上がった。

「笑止、論外、問題外！」

女史の後ろで半開きになっていたドアがそろそろと開き、亀井さんが顔を出した。トイレに行きたいといい出したときよりも、もっといたたまれない顔をしている。そして、石山女史の後ろに立ったのだ。それは、いかにも部下とか、配下とか、家来という感じだった。

「亀井さん——裏切ったわけ？」

ホタルが責めるように問うと、亀井さんは叱られた子どもみたいにしゅんとなった。

それを見て、石山女史は満足そうに口角を上げる。

「裏切っただなんて、人聞きの悪い。亀井くんには、最初からあなたたちを見張らせていたのよ」

「あ……」

悪党、悪魔、悪逆非道——。「悪」がつく言葉が脳の中にドッとなだれ込み、ホタルは「悪」にまみれて窒息しそうになる。石山女史は目から笑いを消して、鋭く亜佳梨さんを見やった。

「裏切ったのは、そちらの方ね。がっかりだわ。もっとも、すべては想定内ですよ。こんなことだろうと思って、見張らせていたんだから」

とがった鼻先をツンと上に向けて、石山女史はホタルに視線を戻す。

「お子ちゃまは、怪談を聞いて怖がっていれば良かったのよ。それが、あなたたちの役目だったんだから」

「なーるほど」

　ホタルは、考え考え、いった。

「最初に『交差点のアカリさん』の怪談を作って拡散させたのは、あんただったわけ」

　亜佳梨さんを恐怖無双の怨霊に仕立て上げ、商店街を攻撃するための心霊兵器に育て上げた——のだとしたら、なんという悪いヤツだ。

「困りきっている亜佳梨さんを、計画的に、徹底的に、自分の道具にしたんだ？」

「ふん、頭の良い子ね。だけど、本当に頭が良いのはわたし」

　石山女史は、臆面もなくそんなことをいった。

「それもこれも、全部まとめて、知られたからには——！」

　クレッシエンドを付けて、石山女史はいい放つ。

　ホタルは緊張した。知られたからには、死んでもらう——ということになったら、とても困る。

　ところが、石山女史が次にいった言葉は、予想外のものだった。

「知られたからには、忘れてもらうわ」

（忘れる？　冗談でしょ。だれが忘れるかってーの）

「そして、亜佳梨さん、あなたは——」

石山女史は、つとしゃがみ込むと、床にこぼれている亜佳梨さんの骨のかけらを拾い上げた。それを目の前にかざして、意気揚々と胸を張る。

「骨を取り上げられると、あなたのような立場の人は、わたしに逆らえなくなるの。いわゆる『骨抜き』ってやつね」

石山女史は、いかにも悪女らしく高笑いをする。そして、きゅっとそれを握りしめた。

「え？　え？」

亜佳梨さんが、まるでリモコンに操縦されているみたいに、気を付けの姿勢になった。身動きの自由をうばわれた――金縛りの状態なのだ。それを目の当たりにして、ホタルは驚嘆の、亀井さんは悲嘆の声を上げる。

「そうそう、そうして待っていなさいね。先にこの小学生の記憶を消しますから――」

石山女史は形の良い目を見開いて、視線をこちらに移す。

口紅で真っ赤にした口をかっと開けた。そして、唱えるのは世にも恐ろしい呪文――？

「むかあし、むかし、あるところに――」

「はあ？」

緊張と怖さで身を固くしていたホタルは、ガクッときた。

この人は、記憶を消すなんて大仰なことをいっておいて、昔話をはじめるなんて。それを聞いて幼児みたいに眠ってしまったとしても、せいぜい消えるのは短い間の意識だけで、記憶なんか消えるはずがない。そもそも、こんなに緊迫した場面で、寝落ちなんかしたくてもできるものか。

ところが、亜佳梨さんが鋭い悲鳴を上げた。

「それを聞いちゃダメ！　耳をふさいで、早く！」

「え？　ええ？」

ホタルは、亜佳梨さんの狼狽《ろうばい》ぶりを見て、ようやく焦り出した。

相手は、霊魂だけの亜佳梨さんを変なワザで動けなくしてしまった、変な能力の持ち主だ。何しろホタルたち今の在校生まで名前を知っている、伝説の霊能力少女だった人物である。この昔話も、ひょっとしたらすごい威力があるのかもしれない？

「何？　何？　なんか、あるわけ？」

「無駄よ。耳をふさいだくらいじゃ、聞こえてしまうものよ」

「だから、何がさ？」

ホタルはつい、イライラして叫んだ。

石山女史は、その問いを待っていたように目を見開いてニヤリとした。悪魔に取り憑かれたような笑顔だ。

「これからあなたに聞かせてあげるのは、恐ろしすぎる怪談」

すごく不吉な声で不吉なことをいうので、ホタルは怯えずにはいられない。負けん気は強いほうだが、どう控え目にみてもこれは絶体絶命というヤツだろう。

「それは人間の耐えうる恐怖体験を超える劇話に指定されているものなの」

「ゲキワ？　劇の話？　『おおきなかぶ』的な？」

「じゃなくて！」

石山女史は、カッとキレる。

「劇薬の劇よ、劇薬レベルの怪談なのよ！」

そして、気を取り直して不気味な笑顔にもどるのだ。

「劇話を聞いた者は、その恐怖に耐えられず、記憶をなくしてしまうのよ」

「そんな、まさか」

ホタルは笑おうとしたが失敗して、逃げようとしたがこれも失敗して、亀井さんに捕まってしまう。

でも、その亀井さんも顔を引きつらせていた。

「あの、それってぼくが聞いてもマズイですよね」

「そんなことないわよ。あなたも聞いて、全部忘れなさい」

「どうして……」

おろおろする亀井さんに向かって、石山女史は市役所の階段から彼を突き落として怪我《けが》をさせたのは自分なのだと明かした。

「どうして……」

「亀井くん、あなたを世界のヘソ商店街の担当から外すためよ」

「どうして……」

「手ぬるいからよ！」

石山女史は一喝した。赤い口から吐き出される言葉が、炎になって目に見えるような気がした。

「そして、このわたしが、直々《じきじき》にその役目を担いたかったのよ！」

直々にって、なんだか王さまみたいに偉そうだなと、ホタルは呆れた。そんなホタルを捕まえていた亀井さんだが、手を放して自分も逃げようとする。

だけど、できなかった。ドアが開かないのだ。

廊下側で人の気配がした。それも複数の人間が、おしくらまんじゅうでもしているような気配だ。ホタルも亀井さんに力を貸してみたが、小学生一人が加勢してみたところで、ドアはびくりともしない。

「あの、黒書生たちでしょ！」

黒書生とは、ホタルが即席で作った呼び名だけど、石山女史には通じた。

「彼らには、建設課の非常勤として働いてもらってるの」

「そんなの、公私混同じゃない！」

「バカな子ね」

石山女史は鼻先で笑う。さっきは、頭の良い子といったくせに。

「わたしがやっているのは、公務員のお仕事なのよ！　彼らを使うのも、仕事よ！」

「善良な公務員が聞いたら、怒ると思います！」

亜佳梨さんが怒り心頭に発して、鋭くいう。自分の家でこんなことをされたら、頭にきて当然である。

「そうだよ！　こんなことまでするって、絶対におかしいよ！」

「い……石山さんは、成果を上げて、課長になりたいんですよね」

亀井さんがそう指摘したから、ホタルはずっこけた。でも、ケサランパサラン爺も同じようなことをいって、石山女史を馬鹿にしていた。あのときはひどく気を悪くしていた石山女史だが、今日は勝ち誇った態度のままだ。

そして、劇話怪談を再開する。

「むかし、むかし、あるところに」

「ぎゃー」

といってホタルが倒れたのは、――実はお芝居である。こっそりとジーンズのポケットから耳栓を取り出して、耳の穴に突っ込んだ。福引の特別賞で当たった、あの耳栓である。

(耳栓をもらったなんて、すごい偶然だけど、いやーラッキーだったなあ)

ホタルは無音になった空間で気絶したフリをした。

そんなこととは知らず、石山女史は怖すぎる怪談を話し終えた。薄目を開けてその様子を確かめ、ホタルは耳栓を外す。

「――とっぴんぱらりのぷう」

「うーん」

ホタルは意識を取り戻したフリをして起き上がった。亀井さんはきょとんとしていたのだけど、髪の毛が真っ白に変わっていたので、ホタルは仰天した。

「わたしは、そんなの怖くないですから！」

亜佳梨さんが、逆上して高い声を出した。大怨霊だったときからお淑やかな人なので、亜佳梨さんの怒りっぷりにホタルは胆《きも》をつぶす。また怨霊に逆戻りしないかと、心配になったほどだ。

「こんなひどいことのために、わたしを利用してただなんて。絶対に許さないから！」

「はいはい、どうぞ、ご自由に」

石山女史はせせら笑った。そして、蛇革のバッグから古臭い形の本を取り出す。

ホタルは知らなかったが、和綴《わと》じという製本で作られたものである。

形は昔ふうだけど、本自体は新品のようだった。

それを亜佳梨さんの前に突き出して、石山女史は嘲るようにひらひらと揺らしてみせた。

「これ、何だかわかるかしら？」

「な、なんですか」

「これは、輪廻転生帖《りんねてんしょうちょう》というものなの。人間の前世、現世、来世について書かれた、神秘の書なのです」

石山女史はおごそかにいい、ホタルは「そんな、まさかぁ」と思った。亜佳梨さんも、やっぱり疑わしい顔をする。

でも、石山女史は少しもひるまない。

「信じようと信じまいと、結果は同じだから構わないのよ」

「…………」

「黄泉の国からきたものだから、とても神秘的な力を持つといわれています。だれにいわれているかって？　黄泉の国との交流を管轄する閻魔庁によ」

「…………」

「ここには、日本国民全ての情報、そして亡くなってまだ生まれ変わっていない人の情報が漏らさず載っています。もちろん、乾亜佳梨さん、あなたの情報もあるの。では、この定規とこのペンで――」

手品師のように、定規とボールペンを取り出す。保科文具店にもおいてある、ごく普通の定規とペンだ。そして、またまた手品師のように、印鑑を小手先で取り出した。これも保科文具店で売っているのと同じ、三文判である。

「あなたの名前に二本線を引いて抹消し、訂正印を押してしまったら、どうなるかしら？　そう、乾亜佳梨という人間の存在そのものが、消えてしまうのよ。生まれたことも、生きていたことも、死んだことも、なかったことになるの。もちろん、来世も消えるのよね。面白いでしょ？　さあ、やってみましょう！」

石山女史は、わざとらしく袖をまくって腕を振り上げる。

その感じ悪さったらないのだが、感じ悪いとかいっている場合ではない。元から自由をうばわれていた亜佳梨さんは、本当に竦《すく》み上《あ》がっている。ホタルは女史からペンを奪おうと、猛獣みたいな姿勢をとった。

そのとき、である。

まったく出し抜けに、ドアの外が騒がしくなった。

乱暴な足音とともに、怒鳴り声とか、壁や床に押し倒したり押し倒されたりする音とか、悲鳴や非難の声が響く。

「だれ？」

石山女史が高い声を上げたとき、ドアが乱暴に開いた。日常生活でそんな戸の開け閉めをしたら、親や先生に叱られるような、行儀の悪い開け方だった。

「はい、皆さん動かないで」

現れた人は、背後の騒動とは無関係みたいな落ちついた態度でいった。

地味な背広に七三分け、黒ぶち眼鏡のその人は、閻魔庁職員の北村さんである。

その左と右から、制服の警察官が険しい顔つきで乱入してきた。ホタルたちがこの屋敷に侵入しようとしていたとき、職務質問してきた自転車のおまわりさんたちだ。

（あのとき引き下がったのは、フェイント？）

廊下では、ほんの一瞬前に確保された書生たちが、時代劇の下手人みたいに縄でぐるぐる巻きにされ、全員が背中合わせになった格好でぺしゃりと座らされている。ここまで徹底的にフン縛《じば》るのは手間取っただろうに、二人のおまわりさんの働きらしい。

部屋に居た全員――ホタルと亜佳梨さんと亀井さんと石山女史が、そっちを見て呆気にとられた瞬間のこと――。

「石山桜子、黄泉法違反現行犯で逮捕する」

北村さんが、石山女史から亜佳梨さんの骨と、輪廻転生帖なるものを取り上げた。警官の一人が逮捕状をかかげ、もう一人が女史の筋張った細い手首に手錠をかける。

いずれも、抜け目のない石山女史ですら抵抗できないくらい、隙のない所作だった。

「皆さん、大丈夫ですか？」

「はあ。あの。ええと——その輪廻転生帖って？」

「ああ、これですか」

北村さんは、頭に「ハテナ？」をたくさん浮かべているホタルたちを見て、律儀に説明してくれる。

それによると、輪廻転生帖というのは、日本中のすべての市区町村役場の市民課に一冊保管されていて、秘密厳守、持ち出し厳禁で、機密扱いの大変な極秘資料である。

「この世のものではないので、極秘なんです」

これを持ち出したり、悪用なんかしたら、とてつもない重罪となる。

「と——てつもない、重罪って？」

「懲役三万年」

北村さんは、あっさりといった。

警官たちに連行されながら、石山女史は身をよじって北村さんを振り返り、声を振り絞った。

「ちょっと、借りただけなのよ。悪気はなかったんです」

北村さんと二人の警察官は、冷淡な態度でそれを無視した。

応援の警察官たちが大勢来て、書生たちのことも連れて行く。書生たちは全員が背中合わせの一まとめに縛られていたから、移動するのが大変だった。応援で来た警官たちは、どうしてこんな変な捕まえ方をしたのかと、ぶつぶついっている。

「さて、われわれも帰るとしましょうか」

北村さんはソファの上の骨の山に、石山女史から取り上げた骨片を返した。それで、亜佳梨さんは動けるようになる。その様子を確認してから、北村さんはこちらを見た。

「お役に立ったみたいですね」

ホタルの手の中の、耳栓を指さしていた。

「え？」

福引の特別賞でホタルがこんな奇妙な賞品をもらったのも、北村さんのしわざなのか？　北村さんは、こんな展開を予想して耳栓をよこしたとでも？

(だったら、もっと前に何とかしてよね)

ホタルは文句をいいたかったけど、北村さんは北村さんで面倒くさい人だから、言葉を飲み込んだ。それに亀井さんの脈拍を測ったり、あっかんべーをさせたり、下瞼《したまぶた》をめくってみたりしている北村さんの邪魔をするのも、気が引けたのだ。

「こちらの方、健康上の支障はないようです。ただし、事件に関係する記憶はすべて消されているようだ」

亀井さんは、真っ白になってしまった頭を掻いて、きょとんとしている。本当に、全部を忘れてしまったらしい。亜佳梨さんに恋していたことも、亀井さんは忘れてしまったのだ。

終章　あしたのあたしたち

まさえさんの客間で、ホタルは祖父と並んで紅茶を飲んでいる。

小振りな丸いテーブルにはレースのクロスが掛けられ、薄緑色の皿には色とりどりのマカロンがピラミッドみたいに盛り付けられ、部屋には紅茶の良いかおりと音量を抑えたシャンソンが流れている。

まさえさんは、もう完全に元のおしゃれなまさえさんに戻っていた。祖父にも以前と変わらず親しく接してくれるようになり、こうしてホタルともどもお茶に招待されている。

「あの子は、小さいころから、サラリーマンの家庭に憧れていたのよ」

まさえさんが、いった。あの子というのは、姪の石山女史のことだ。

それにしても、サラリーマンの家庭に憧れるとは、子どもの夢にしてはかなり遠慮がちなものに聞こえる。女史があんな大騒ぎを仕出かしたのも、課長代理から課長に昇進したいというのが原因だった。

（ささやかというか、おおげさというか――）

ホタルはチョコレート味のマカロンをかじり、紅茶を飲んだ。角砂糖が可愛くて、三つも入れたのは失敗だった。やはり甘いお菓子には、渋い緑茶が似合うと思う。

「でも、あの人って子ども時代から、凄腕の霊能力者だったんですよね」

「ええ」

まさえさんは、上品なしぐさで紅茶のカップを持ち上げる。

「噂は少し大げさに広がっているみたいだけど、桜子には本当に霊能力があったんです。でも、本人はあまり大事なことだとは思ってなかったみたいね」

確かに、石山女史は今回の騒ぎで霊能力を悪用したけど、活《い》かしてはいない。

「あの子は、とても現実主義で理性的なことに憧れて、おまけに懐疑主義者だったのよ」

「カイギシュギって？」

会議が好きな人のことかと、小学生のホタルは思った。

「非科学的なことを否定する考え方だよ。つまり、お化けとかを信じない」

「えー？」

霊能力者がそれでは、せっかくの力が持ち腐れでは？

「本当は文系タイプなのに、理系に憧れてたわね。だから、頭は悪くないのに成績は芳しくなくて、妹が嘆いていたもんだわ」

妹というのは、石山女史の母親のことだ。

「でも、親としては歓迎するべき性格ではあるわよね。大人になったらサラリーマンと結婚するとか、自分もキャリアウーマンになりたいとか、堅実なことをいっていたわけなんだから。でも、桜子がそんな夢を抱くようになったのも、ないものねだりだったのよ」

桜子の家は豆腐屋だった。朝、仕事を始めるのがめちゃくちゃ早い時間で、そうなると自然に夜寝るのも早くなる。桜子は、友だちが話題にしているテレビ番組が観られないし、定休日はなし、週末は関係なし。放課後の遊びどころか、宿題よりも家の手伝いが優先された。

「あの子、『宿題にかこつけて、手伝いをさぼる気か』って父親に殴られたことがあるのよ。しかも、鼻血が出るくらい」

「ひぇー」

ホタルと祖父は顔を見合わせる。

「よっぽど、繁盛していたんだな？」

「いいえ」

祖父がフォローを試みたけど、まさえさんはあっさりかぶりを振った。

「あの店のお豆腐、ちっともおいしくなかったのよ。おまけに、接客の態度も良くないの。お客にしてみたら、よそのお豆腐屋に行けば、美味しいお豆腐をもっと感じよく買えるんですもの――」

つまり、石山豆腐店は流行っていなかった。家業が慢性的に経営難だから、おもちゃもお洒落な洋服も、桜子には高嶺《たかね》の花である。

「あんなに美人なのに」と、ホタル。

「確かに、娘時代はきれいな子だったろうな」と祖父。

加えて、家も店もおんぼろで、両親はプライドだけは高くて、変に世間知らずで、おまけにその自覚もない。両親の話題は、他人の悪口ばかりだった。それだけでも、家の中の空気はよどんでしまう。

「だから、桜子は不満だらけの子ども時代を過ごしたわけ」

桜子は自分の家を物差しにして、商店というものをきらった。勢い、商店街そのものも憎んだ。

「なんか、いろいろまちがっとる」祖父が、憤慨する。

「そうね。なんか、いろいろうまくいかなかったのよ」と、まさえさん。

石山豆腐店があったのは、タヌキ横丁商店街という小さな通りだった。桜子の父は、そこの会合でしばしばほかの商店主たちと衝突していた。

父親はいい出したら後に引けない性分なため、商店会から離脱し、その結果として仲間外れとなり、それでますます店は流行らなくなってしまった。

そのうち道路拡張工事のために商店街は取り壊され、石山豆腐店は移転したものの、商売は軌道に乗ることなく廃業に至る。元より楽しい家庭ではなかったが、店が傾きだしてからというもの、家庭内の雰囲気の悪さといったらひどいものだった。

「見かねて、うちに呼んだのよ。あの子、何年かここで暮らしてたの。学校もセカ小に転校して来てね」

「だから、伝説の卒業生だったわけか」

しかし、時すでに遅し。まさえさんの家に来たときは、桜子はすっかりひねくれてしまっていた。それを上手に隠す賢さがあったから、なおさらタチが悪い。

「あの人は、あたしたちを同じ目に遭わせたかったの？」

核となったのは、課長昇進への野望だったとしても、石山桜子の胸には暗い少女時代に対する腹いせが常にあったのだ。

「あの子は、わたしの洋装店が好きだったから」

まさえさんは——桜子の伯母は常に、石山家の人間が持ちえない華やかさをまとっていた。桜子はそれに強い憧れを持った。憧れはどんどんねじ曲がり、いつしか憎しみに変わる。それで、かつて伯母の洋装店があった世界のヘソ商店街を滅ぼしてやりたいと考えた。

「困った人だなあ」とホタル。

「ごめんなさい」

まさえさんは肩身が狭そうにうつむいたから、祖父は「まさえさんは悪くない」と慌てた。

「でも、どうしてそんなに課長になりたかったんだろう？」

「そもそも、あの子は、お給料をもらう仕事に就きたかったのよ」

「まあなあ、おれたちは国民健康保険の保険料は高いし、国民年金は頼りないし」

祖父は自営業者としての不満をいったが、小学生のホタルにはわからない。

「でも、通勤の難儀さとか、職場の人間関係で悩むとか、そんな苦労からは自由だわ」

まさえさんがいうのは、ホタルにも理解できた。働いたことはないけど、通学とか友だち同士の人間関係は、小学生でもけっこう大変なのだ。

加えて、石山豆腐店の経営危機の中で育った桜子としては、毎月きまった額の給料をもらえるということは、それだけで先進的な生き方に思えた。友だちの母親が市役所の課長で、友だちはいつもそのことを自慢していた。女性課長至上主義は、そのころに刷り込まれた。

「わかんないよ」とホタル。

「うん、わからんね」と祖父。

「でも、似たような人がもう一人居たわけなのよ」と、まさえさん。

だれのこと？

と、ホタルと祖父が顔を見合わせたとき、玄関のベルが鳴った。大人の話にいささか退屈していたホタルは「あたし、出る」といって、部屋を飛び出す。

玄関のドアを開けた先に居たのは、あのケサランパサラン爺だった。

ホタルは思わず後ずさり、爺はきまり悪そうに顔をうつむかせて佇《たたず》んでいる。その態度が謙虚としかいいようのない様子だったので、ホタルは強く警戒した。謙虚なんて……。あの怪しい黒書生たちを操る、天下御免のいばりんぼうの、あのケサランパサラン爺がである。

「あの」

と、二人は同時にいって、二人で口を閉ざす。

「これは？」

ケサランパサラン爺は、趣味の良い色合いの大きな花束を抱えていた。どういう風の吹き回しだ、とホタルは身構える。

爺は「まさえちゃんに」といった。前は呼び捨てにしていたのに、今日は「ちゃん」付けである。いよいよ、どういう風の吹き回しなのだろうか。

「ホタルちゃーん、お客さまは大ちゃんでしょう？」

まさえさんの声がすると、ケサランパサラン爺の顔がぱあっと輝いた。

「こっちに入ってもらって！」

引き続きまさえさんが客間から呼ばわっているので、ホタルはぎこちない態度で「どうぞ」といった。

（ああ、そうか）

まさえさんは今しがた「似たような人がもう一人」といったけど、このケサランパサラン爺のことなのだ。子どものときにヘソを曲げて、そのままずっとこじれさせて、人生まで曲がったヘソの指し示す方向に進み、そして今のケサランパサラン爺がある。

パワフルなヘソ曲がりというのは、まことにやっかいだ。そんな二人が手を結んだことで、こっちは危うく生まれ育った家を追われて、おまけに記憶まで消されるところだった。

「残念でしたね」

つい、いやみったらしく話しかける。

「世界のヘソ商店街は、永遠に不滅ですから」

そう。

祖父やホタルたちが、今日こうしてのんきにお茶をご馳走になっているのは、商店街の安泰が決定的になったからなのである。

最後の最後に道路建設を阻んだのは、意外なものだった。商店街のド真ん中にある、お化け屋敷の折原邸だ。

かつては名家だったのに、最後の主が亡くなった後は、住む人もなく放置されている。放置というのは、相続手続きに関しても同じだったのである。あの土地建物は、相続登記がされないまま、放ったらかされていた。

というのも、相続権者が百八人もいる。除夜の鐘の数ほども居るのだ。なにしろ名家だから、その百八人もだいたいはお金持ちだ。住んでいる場所といったら、日本全国どころか、世界各国に散らばっている。要人だったり、所在不明だったりと、ちょっとやそっとじゃ連絡すら取れない人の方が多いのだとか。

つまり、登記ができない。

だから、土地の買収ができない。

したがって、道路を拡張する工事もできないのである。

「それは、表向きさ」

ケサランパサラン爺は、少しだけ以前の偉そうな態度で反論した。

「どういうことですかねえ？」

ホタルも、少しだけ喧嘩腰で尋ねる。

「すべては、このおれのおかげである」

市道拡張計画は、ゴリ押ししていた石山女史が輪廻転生帖を不正使用しようとしたという大変な不祥事により、致命的なミソがついた。ことがことだけに、事件が大っぴらにはならなかったが、閻魔庁を——黄泉の国を敵に回したのだ。市長としては、政治生命どころか来世にまで影響が出そうな危機感を覚え、完全に腰が引けた。

そのタイミングで、計画の大立者である出門大太郎がいった。

——おれ、一抜けた。

石山女史と出門大太郎が居なくなり、市長が及び腰になり、結果として市道拡張工事は白紙撤回されたのである。

「おじょうちゃん、悪かったね」

開け放ったままの客間のドアが近付くと、ケサランパサラン爺は立ち止まって、ホタルを振り返る。

「おれもね、自分のヘソ曲がりに気付いたのだよ」

ケサランパサラン爺は、かつての友で昨日までの敵の待つ客間に入った。

まさえさんはにこにこしていたし、祖父はホタルと同じで呆気にとられる。

ケサランパサラン爺は、ホタルにしたように、祖父にも頭を下げた。

「六十何年ぶりの、お昼ごはんを皆でいただきましょうね」

今日の招待は、まさえさんが仕組んだ仲直りのイベントだったようだ。

「大ちゃん、あのときはわたしも粗忽《そこつ》だったわ。ごめんなさいね」

「そのことはもう——」

ケサランパサラン爺は、困ったようにもじもじして、花束をまさえさんに渡した。

祖父は笑顔だったけど、内心でムッとしたのがホタルにはわかった。

おさわがせのじいさんは、ホタルたちにもプレゼントを用意していた。祖父には琥《こ》珀《はく》のループタイ、ホタルにはテディベアの手作りキットである。ホタルは男まさりなヤツと見られているが、実はこういう乙女趣味なものが大好きだ。

（まあ、許してやるか）

などと、えらそうなことを考えた。

昼食会では、石山女史の懲役三万年の刑には執行猶予がつきそうだという話を聞いた。

＊

夏休みも八月に入ると、気温は体温にも肉迫する日が続いた。宿題は朝の涼しいうちになどと世間の大人たちはいうが、朝でも涼しくないから宿題しなくていいといわれているような気がしてくる。だから、まだ開いてもいないドリルが何冊もある。

保科家は古い日本家屋なので、密閉性がとぼしくいかにもエアコンの効き目が悪そうだけど、そもそもエアコンがないからそんな心配は要らない。

（テレビのニュースでも、エアコンの適切な使用をって、毎日いってんのに）

だから、夏場はホタルの行動力はグンと低下する。二つ折りにした座布団を枕替わりに、畳の上で寝転がって漫画本を読んでばかりいる。本当はゲーム機がほしいのだが、祖父がゲームを目の敵にするもので、買ってもらえないのだ。

こういう極端な子育てをしていると、大人になってから大人買いに走るんだよ。ほんと、逆効果だよ。などと説得力のある理屈をいってみても、祖父は聞き入れる気配なし。食後に寝転がると牛になるとか、シュールなお説教をしてくる。

そんな怠惰な生活を送っていたが、お盆前の日曜日は、さすがに重い腰をあげた。

向かった先は、近所の狗山神社である。

もう、大勢の人が集まっていた。亜佳梨さんと北村さんが、楽し気に話している。

——楽し気な北村さんなんて、初めて見た。それから近所の商店の人たち、ホタルの祖父と両親も居る。まさえさんも居るし、ケサランパサランの出門爺と黒書生たちもそろっている。ただし、今日は黒服でなくアロハシャツを着ていた。やっぱりというか、なぜかというか、お揃いの柄である。

それより驚いたのは、なんと、あの狗山比売までが、ゴージャスな衣装を着て皆の中で楽しそうにしていたことだ。なにせ、度を越えた美貌だし、神さまだし、皆は緊張したり一歩下がったりしているのに、狗山比売は全く空気を読むことなく、ホームビデオで周囲を写してはしゃいでいた。狗山比売の声は千人の老若男女の混声なので、これまた目立ってしまう。

もっとも、ホームビデオを持参しているのは狗山比売だけではない。集ったほとんどの人は、スマホやデジカメを含めて動画の撮影の準備を万端ととのえていた。その中に、篠田栄一さんの姿があったので、ホタルはとても驚いた。

「ああ、これは前に北斗《ほくと》カメラで買ったもので」

などといって、かなり旧式のデジタルカメラを指していった。北斗カメラというのは、世界のヘソ商店街に古くからある写真館で、今の店主の代になってからカメラも扱っている。

「いや、カメラのことじゃなくて」

転生辞令が出た人が、どうしてまだ生まれ変わっていないのか。別に怒っているわけではないけど、篠田さんの転生辞令の件は一大事だったわけだし、この先もずっと心にこびりつく悲しい出来事だったから、篠田さんの能天気さにはいささかイラッとした。

「うん」

わかってるよというように、篠田さんの笑顔にシビアさが混じった。大げさないい方をすると、何かに耐えているみたいな表情だ。

「市役所の亀井さんは、わたしのせいで病気になったわけではないと判明して、それで転生辞令が撤回されたんですよ」

「そうなんだ！　じゃあ、またツエ子さんに会えるんですね」

ホタルは喜んだけど、篠田さんの悲し気な表情はまた少し濃くなる。

「妻のお見舞いに行ってきました。わたしのような者は、本来ならば世界のヘソ商店街みたいな場所から外へは行けないのですが」

亡くなっている人は、境界エリアから出られない、という意味だ。

「今回は閻魔庁のミスで転生辞令が出たりして、まあいってみればゴメンナサイって意味の特別扱いです」

「そっか。ツエ子さん、元気でしたか」

「もうすぐ、二人でいっしょに生まれ変われると思います」

「え」

ツエ子さんが、もうすぐ亡くなってしまうということか。二人で生まれ直すというのは篠田夫妻の夢だったわけだけど、いざそれが実現するとなると、ショックだし悲しかった。

「悲しい顔をしないで」

そういう篠田さんはとても美男子に見えた。そっか、ツエ子さんはこのイケメンと恋人同士からスタートできるんだ。そう思うと、なんとか納得できる気がした。

「ほら、ホタルちゃん、見てごらん」

篠田さんは顔を輝かせて、古くさいカメラを空に向ける。

それが空からやって来ることは、ホタルも前もって聞いていた。回覧板に載っていたのだ。夏休み中ずっと畳に寝転がっていた小学生ですら、野次馬根性を発揮せずにはいられないものが、今、空からやって来る。

それは、黒船だった。

江戸時代にアメリカから来た、あの大きな黒い蒸気船だ。

江戸の人と江戸幕府を仰天させた黒船は四隻の船団だったけど、今、天空から降りてきたのは一隻だけだ。でも、それはＵＦＯ出現にも負けない、大変に奇妙で荘厳な眺めである。

回覧板には、それがサスケハナ号という名前の船で、現役だったのはずっと昔のことだから、やって来るのは幽霊船だと書いてあった。空を飛ぶ時点で、生身の船ではないことはわかるけど。

（じゃあ、あの人も幽霊なんだな。篠田さんも幽霊なんだから、まあいいけど）

古めかしく立派な軍服を着た中年の外国人が、甲板で片手を振っていた。すごくえらそうだ。そして、すごく顔が大きかった。赤井局長より大きな顔に見えた。

「うわあ、ペリー大佐だ」

篠田さんが感激した声でいう。

回覧板にもそう書いてあったし、集まった人もすごく盛り上がっている。だけど、小学生のホタルは、この顔の大きな外国のおじさんが何をした人なのか知らなかった。

「江戸幕府をおどかして、いうことを聞かせた人だよ」と、篠田さん。

「げ。悪人じゃん」ホタルは憤慨する。

そうしている間にもサスケハナ号は、神社のある通りに着地した。——正確には、地面から二メートルほど浮いた状態で停止した。甲板には水兵たちが現れ、きびきびと統制のとれた動作で、タラップを用意する。

顔の大きなペリー大佐は、実に堂々とした態度でタラップを降り、見守る一同は一斉に拍手をした。ホタルも倣って手をたたいた。江戸幕府を脅迫したというのは聞き捨てならないが（祖父といっしょに時代劇の再放送をよく見る子どもとしては、暴れん坊の八代将軍がいたくごひいきなのである）、国際親善が大事だということは本能的に知っている。

「黒船サスケハナ号、バージョンアップして見参！」

ペリー大佐は、朗々とした良い声で（英語なまりのカッコいい日本語で）そう宣言する。

大人たちはいっそう盛り上がり、ホタルも「わー」だの「日本一」だのと声を上げた。

それからペリー大佐は演説を始めたのだが、それによるとサスケハナ号は大幅な改造を行い、月面上空まで航行したとのこと。次のミッションは月への着陸で、月の石を持ち帰って来ることだという。

聴衆はますます興奮して、花火見物の人たちみたいに騒いだ。ホタルも、「さすが」だの「成功間違いなし」だのと叫ぶ。

ひとしきり皆の声援を受けた後、ペリー大佐は英雄らしく両手を広げて、静粛を求める。そして、その手を亜佳梨さんの方に向けた。皆がいっせいに、そちらを向いた。

「あの——あの——」

亜佳梨さんはダイオンリョウだったときみたいに、へどもどする。それから、深呼吸をして背筋を伸ばし、改めて懸命に声を張り上げた。

「皆さん、先だっては、おどかしてしまい、怖がらせてしまい、本当にすみませんでした」

深々と頭を下げる亜佳梨さんは、本当に健気で守ってあげたいタイプの女性に見えた。だから、商店主のおじさんたちも、おかみさんたちも、ホタルみたいな小学生も、全員が「いいって、いいって」と口々にいった。皆でいっせいに激励とか、慰めの言葉をいうものだから、うるさくてどれひとつとして聞き取れない。

亜佳梨さんは皆の前を通って、ホタルのそばまで来た。

「ホタルちゃん、ありがとう」

それから、ホタルのおかげでどんなに救われたかを語り、何度も手を握り、何度も頭を下げた。

「いいって、いいって」

ホタルは照れながら、泣きそうになった。このとき、ようやくサスケハナ号が登場した理由がわかったのだ。世界のヘソ商店街はこの世とあの世を結ぶ場所だけど、亡くなった人が初めて黄泉の国に行くスポットではない。だから、今日、ペリー大佐はそのために亜佳梨さんを迎えに来たのである。

寂しいし、行ってほしくないとも思ったけど、ホタルは懸命に笑顔になろうとした。生きている人だって、明日になれば今日より一日分だけ年を取る。どんなにいやでも、年をとる。だれも、前と同じではいられないのだ。亜佳梨さんは死んでしまったのだから、向こうに行かなければならない。

「さよなら」

くちびるが震えたけど、頑張って笑った。かなり無理をした。これに比べれば、暑い自宅で宿題をするくらい屁《へ》でもないってくらい、努力した。

「買い物に来るから。また会えるから」

亜佳梨さんはそういって、ペリー大佐の方に向き直る。

二人がタラップに上がると、甲板からマーチが聞こえだした。とても景気が良くて派手な音楽だ。極彩色の紙テープと紙吹雪が舞う中、黒船は浮上していった。この上もなく美しく、シュールな光景だ。

「ホシナー！　ホシナー！」

遠ざかるマーチの音色に重なり、甲高いボーイソプラノで呼ばわりながら走ってくる少年が居る。小柄でひょろひょろ痩せた体を器用にくねらせて、ひしめく人たちをすり抜けて、こちらに来た。田辺だ。

「あんた、黒船を見に来なかったの？」

ホタルが責めるようにいうと、田辺は「ごめんごめん」と気持ちのこもらない声で応じる。

「それよりって、これ見て」

「それよりって、あんた――」

ホタルは差し出されたスマホを見た。画面は真っ黒だ。

「電源、おちてる」

「ごめんごめん」

前より慌てた声でいって表示させた画面には、読みづらい小さな文字が載っていた。周囲の騒ぎに気が散る中、目を凝らして読んでみて、それから田辺よりもっと高い声を上げる。

「なにこれー！」

そこには、こう書いてあった。

――市立瀬界小学校、廃校とりやめ～来年度以降の存続が正式決定した。

地元新聞のオンライン版である。

「これ――これって――これってのは、マジ？」

ホタルが慌てている間に、上空高く浮かび上がったサスケハナ号は晴天に溶けるようにして姿を消した。元気の良いマーチの音色だけが、少しの間だけ周囲にただよい、やがてそれも空に拡散する。

ホタルが唖然と見つめる中、田辺のスマートフォンは再びスリープ状態になった。

田辺がまた画面をもどそうとするに任せて、事態を飲み込もうとするホタルの視界の隅に、極端に豪華な衣装を着た極端な美少女が映った。狗山比売だ。

にやり。

狗山比売は、ホタルの方をまっすぐに見て、笑った。実に満足そうな笑みだ。

それで、ホタルはハッとする。

（まさか――）

前に、五十円のお賽銭を投じて、神さまに願った。

「セカ小が廃校になりませんようにって――」

それがかなったということなのだろうか。

そう思った瞬間――まさに瞬間である――離れた場所に居たはずの狗山比売が、目の前に来ていた。

『良かったのう、おまえたち』

千人の声の和音が、美しい口から出る。

「え、あ、はい、ありがとうございます」

ホタルは最大級に恐縮して、両手を自分のほっぺたに当て、それから立て続けにおじぎをして、そしてまたほっぺたを手で覆った。そんな様子を満足そうに眺めた後、狗山比売は後ろに来ていた赤井局長を振り向きもせずにいう。

『わらわは、久しぶりに狗山に帰るとしよう。童どものため大いに働いたので、くたくたじゃ』

「はいはい」

『撮影した動画は、パソコンの中に入れておけよ』

「はいはい」

狗山比売と赤井局長は、すたすたと群衆から離れた。改めて近くで見た赤井局長は、やっぱりペリー大佐に負けないほど顔が大きいとホタルは思った。

「今のだれ？」

「神さまだよ」

ホタルは、シュールな答えを返した。でも、田辺はまったく信じなかった。というのも、狗山比売は、鳥居の外に停めてあったミニバンを自ら運転して、どこかに行ってしまったのである。運転免許のある神さまなんて、ほかには居ないと思う。

黒船見物と亜佳梨さんの見送りに集まった人たちも、申し合わせたように帰り出した。そんな商店主の中には、ムーンサイドモールから戻って元の店を再開した人たちも多い。

「ところでさ、宿題を見せてくんない？」

ホタルがいうと、田辺は「いいよ」とうなずいた。

「どの教科の宿題？」

「全部」

「はあ？　全部？」

「とくに、理科。もう、全然わかんない。黒板を写した自分のノートが、実は死海文書だったたって感じ」

成績は良くないわりに、ホタルは難しい言葉を知っている。つまり、自分の書いたノートが読めないという意味ではあるが。

「無理だよ。だってぼく、学校に行ってないから、実験の授業なんかも見てないし」

「使えないやつ」

ホタルが吐き捨てるので、田辺は「ひどいなあ」といって口をとがらせる。

「二学期からは学校に行くから、冬休みの宿題だったら見せられるけど」

「じゃあ、冬休みは期待してる。でも、それじゃあ、夏休みの宿題はどうするのよ」

だれをあてにするかと、頭の中に級友の顔を思い浮かべた。その様子をやけに真面目な顔で見つめていた田辺は、唐突にぺこりと頭を下げる。最敬礼という感じのお辞儀だった。

「どうしたの？」

「なんていうか、いろいろお世話になったから」

「やだなあ。クラスメートのよしみじゃん」

ホタルは照れた。田辺はポケットから大人びた二つ折りの革財布を出して、頼もし気に顔を輝かせる。

「タコ増行かない？　おごるからさ」

「けちくさ。あそこのたこ焼き、五十円じゃない」

「要らないなら、いい。ぼく帰って、一人でドリルやるから」

田辺は怒った声でいうと、すたすたと歩きだした。神主も神さまも商店街の人たちも去った蟬《せみ》しぐれの中に取り残され、ホタルは慌てた。

「いやいや、要ります。五十円のたこ焼き、食べたいです」

ホタルの走り去った境内には、気の早い秋の虫たちが鳴き始めている。

本書は書下ろしです。

|著者|堀川アサコ　1964年青森県生まれ。2006年『闇鏡』で第18回日本ファンタジーノベル大賞優秀賞を受賞してデビュー。『幻想郵便局』、『幻想映画館』(『幻想電氣館』を改題)、『幻想日記店』(『日記堂ファンタジー』を大幅改稿の上、改題)、『幻想探偵社』、『幻想温泉郷』、『幻想短編集』、『幻想寝台車』、『幻想蒸気船』、『幻想商店街』(本書)の「幻想シリーズ」、『大奥の座敷童子』、『芳一』、『月夜彦』、『魔法使ひ』(以上、講談社文庫)で人気を博す。他の著書に「たましくるシリーズ」(新潮文庫)、「予言村シリーズ」(文春文庫)、「竜宮電車シリーズ」(徳間文庫)、『おせっかい屋のお鈴さん』、『ある晴れた日に、墓じまい』(ともに角川文庫)など多数。

幻想商店街《げんそうしょうてんがい》

堀川《ほりかわ》アサコ

講談社文庫

定価はカバーに
表示してあります

2021年5月14日第1刷発行

発行者——鈴木章一
発行所——株式会社　講談社
東京都文京区音羽2-12-21　〒112-8001
電話　出版　(03)　5395-3510
　　　販売　(03)　5395-5817
　　　業務　(03)　5395-3615

Printed in Japan

デザイン—菊地信義
本文データ制作—講談社デジタル製作
印刷———豊国印刷株式会社
製本———株式会社国宝社

ISBN978-4-06-523133-3

講談社文庫刊行の辞

二十一世紀の到来を目睫に望みながら、われわれはいま、人類史上かつて例を見ない巨大な転換期をむかえようとしている。

世界も、日本も、激動の予兆に対する期待とおののきを内に蔵して、未知の時代に歩み入ろうとしている。このときにあたり、創業の人野間清治の「ナショナル・エデュケイター」への志を現代に甦らせようと意図して、われわれはここに古今の文芸作品はいうまでもなく、ひろく人文・社会・自然の諸科学から東西の名著を網羅する、新しい綜合文庫の発刊を決意した。

激動の転換期はまた断絶の時代である。われわれは戦後二十五年間の出版文化のありかたへの深い反省をこめて、この断絶の時代にあえて人間的な持続を求めようとする。いたずらに浮薄な商業主義のあだ花を追い求めることなく、長期にわたって良書に生命をあたえようとつとめるところにしか、今後の出版文化の真の繁栄はあり得ないと信じるからである。

同時にわれわれはこの綜合文庫の刊行を通じて、人文・社会・自然の諸科学が、結局人間の学にほかならないことを立証しようと願っている。かつて知識とは、「汝自身を知る」ことにつきていた。現代社会の瑣末な情報の氾濫のなかから、力強い知識の源泉を掘り起し、技術文明のただなかに、生きた人間の姿を復活させること。それこそわれわれの切なる希求である。

われわれは権威に盲従せず、俗流に媚びることなく、渾然一体となって日本の「草の根」をかたちづくる若く新しい世代の人々に、心をこめてこの新しい綜合文庫をおくり届けたい。それは知識の泉であるとともに感受性のふるさとであり、もっとも有機的に組織され、社会に開かれた万人のための大学をめざしている。大方の支援と協力を衷心より切望してやまない。

一九七一年七月

野間省一